SÓ AS MULHERES E AS BARATAS SOBREVIVERÃO

Livros da autora publicados pela **L&PM** EDITORES:

Dez (quase) amores (**L&PM** POCKET)
Dores, amores & assemelhados
Louca por homem (**L&PM** POCKET)
As pernas de Úrsula (**L&PM** POCKET)
Por isso eu sou vingativa
Só as mulheres e as baratas sobreviverão (**L&PM** POCKET)
Vida dura (**L&PM** POCKET)
A vida sexual da mulher feia (**L&PM** POCKET)

Claudia Tajes

SÓ AS MULHERES E AS BARATAS SOBREVIVERÃO

www.lpm.com.br
L&PM POCKET

Coleção **L&PM** POCKET, vol. 1055

Texto de acordo com a nova ortografia.

Este livro foi publicado em primeira edição pela L&PM Editores, em formato 14x21cm, em outubro de 2009.
Primeira edição na Coleção **L&PM** POCKET: julho de 2012
Esta reimpressão: abril de 2013

Capa: Ivan Pinheiro Machado
Ilustração da capa: Gilmar Fraga
Preparação: Patrícia Yurgel
Revisão: Lolita Beretta

CIP-Brasil. Catalogação na Fonte
Sindicato Nacional dos Editores de Livros, RJ

T141s

Tajes, Claudia, 1963-
Só as mulheres e as baratas sobreviverão / Claudia Tajes. – Porto Alegre, RS: L&PM, 2013.
144p. (Coleção L&PM POCKET; v. 1055)

ISBN 978-85-254-2691-8

1. Romance brasileiro. I. Título.

12-3898. CDD: 869.93
CDU: 821.134.3(81)-3

Rua Comendador Coruja 314, loja 9 – Floresta – 90.220-180
Porto Alegre – RS – Brasil / Fone: 51.3225.5777 – Fax: 51.3221.5380

Pedidos & Depto. Comercial: vendas@lpm.com.br
Fale conosco: info@lpm.com.br
www.lpm.com.br

Impresso no Brasil
Outono de 2013

Para as mulheres em geral
e para os homens que
gostam das mulheres,
seja do jeito que for.

Portanto não se deve virar as costas a uma barata, como fazem os elementos da ribalta, mas sim enfrentá-la masculamente. Para isso precisamos, antes de mais nada, saber se a barata é uma BLATÍDEA comum ou se é uma PERIPLANETA AMERICANA, ou, em linguagem menos científica, uma dessas baratas que voam. Se é dessas, aconselho o leitor a desistir de qualquer pretensão máscula, arrumar as malas, fechar as portas de sua casa e entrar para o teatro.

"Barata à vista", *Millôr Fernandes*

SÓ AS MULHERES E AS BARATAS SOBREVIVERÃO

UM

Eu tenho um vestido preto que já vai sozinho para as festas e jantares para os quais me convidam. Um vestido preto que pode parecer comum para um leigo, mas que me custou uma fortuna devido à excelência de seu tecido e corte e acabamento, ou, pelo menos, foi assim que o vendedor veado me justificou o preço na loja. E eu acreditei. No fim das contas, acho que era verdade. Nunca tive um vestido preto que me caísse tão bem. Dependendo das oscilações do meu peso, algumas eventuais gorduras escapam pelas cavas, e o crepe salienta não as curvas, mas a minha barriga. No geral, porém, faço uma boa figura com ele.

Uso o vestido preto em todas as ocasiões sociais da minha agenda, até porque gastei tanto nele que não me sobrou dinheiro para muitas variações.

Foi comprado no sistema rotativo, juro em cima de juro, e é uma das razões de eu nunca conseguir quitar a fatura do cartão de crédito.

Eu tenho também uma faxineira que nunca guarda as coisas no mesmo lugar, e isso inclui o meu vestido preto. De que me adianta, então, ter investido meses de salário em uma roupa que eu nunca encontro quando mais preciso?

Nessa noite, o vestido preto não está no seu cabide original, aquele que traz a marca da loja fina em dourado, nem atrás da porta do meu banheiro, nem na pilha de roupas por passar, nem na poltrona do meu quarto. Depois de procurar sem sucesso pelos lugares mais impossíveis, lembro de olhar na parte de cima do meu closet, onde ficam as roupas de cama, e lá está ele, dobrado como se fosse um cobertor, entre um edredom manchado e os lençóis com o elástico já largo na barra. Subo na escada portátil de três degraus para conseguir alcançá-lo e, quando já vou botando a mão nele, eu vejo.

Tem uma barata em cima do meu vestido.

DOIS

Meu grito foi ouvido por todos os moradores do bairro, em um raio de dois quilômetros.

TRÊS

Eu tenho fobia de barata. É um fato científico, foi um psiquiatra quem me disse.

Bati a porta do closet. Encostei a poltrona pelo lado de fora, como se fosse uma barricada. Esse bicho não pode sair dali.

Fiquei sem o meu vestido e sem perspectivas às oito da noite de um sábado.

QUATRO

Mesmo que eu quisesse fumar para me acalmar, não poderia. Ninguém fuma na minha casa, nem eu. Regras da casa.

Meu nome é Dulce. Doce, em espanhol. Mas os argentinos, os uruguaios, os chilenos e todas as, digamos, línguas espanholas com quem já cruzei na vida não entendem como uma mulher pode se chamar Dulce. Então eu tenho que explicar, *es como dulce de leche*, e aí eles se derretem, pedem para provar, elogiam a minha doçura, essas coisas de Julio Iglesias que os latinos dizem como ninguém.

Doce ou não, eu nunca deixei ninguém fumar na minha casa. E olha que já passou gente por entre essas paredes. Não o bastante para preencher um álbum do tipo "O Brasileirão Completo", claro. E nem sequer "Os Melhores do Brasileirão", acho.

Talvez nem mesmo "Os Piores do Brasileirão", vá lá. Mas que já passou gente por aqui, ah, passou. E não é com orgulho que eu confesso isso, não por causa da quantidade. O grande problema foi mesmo a qualidade das figuras. Ainda bem que eu não fiz um álbum, senão perigava levar um susto se um dia eu desse com ele por acaso, no fundo de alguma gaveta.

Só sei que hoje é sábado e eu estava me arrumando para sair. Eu ia sair. Eu precisava sair, até uma barata entrar no meu closet e me deixar trancada em casa. Sem roupa. Só de toalha. E suando, como se eu não houvesse tomado quase uma hora de banho.

Depois de trabalhar a semana inteira, de aguentar chefe mal-humorado, colega folgado, trânsito congestionado, de fazer supermercado, pegar elevador com velho tarado, depois de tudo isso ainda vem uma barata e acaba com o meu sábado?

Desculpe as rimas. É uma antiga mania que eu tenho, rimar em momentos de dificuldade. Não tem gente que rói as unhas, que arranca os cabelos, que esmurra as paredes? Eu rimo, e desde criança. Minha mãe foi quem primeiro notou a anormalidade, na única vez em que cheguei do colégio trazendo um bilhete daqueles com que as professoras costumam acabar com a autoestima e o horário livre para assistir televisão dos estudantes: "A aluna Dulce Oliveira compareceu à aula sem o tema de ciências".

– Por que você não fez o tema, Dulce?

– Esqueci. Não vi. Perdi. Ih. Fiz xixi.

Infinitas seriam as rimas depois daquela, a cada novo problema, fossem do tamanho que fossem. E problema, não é para me gabar, sempre foi o meu nome do meio.

CINCO

Posso dizer que tenho vivido cada semana só para chegar o sábado e eu esquecer o que vivi na semana. Trabalho em uma revista, quer dizer, trabalho para uma revista. Masculina. Sou produtora de fotos de nu. Um trabalho legal, muita gente daria um braço para estar no meu lugar. Os onanistas dariam uma mão. Quem sabe, as duas. Eu é que ando meio cansada de tudo, do ambiente, dos fotógrafos, das modelos, dos maquiadores, dos cabeleireiros, dos produtores, das telefonistas, de tudo. Tem dias em que custo a sair da cama pensando nos pelos pubianos que me esperam.

Comecei por acaso, um amigo foi convidado a fazer as fotos de uma ex-miss-alguma-coisa para uma revista daquelas que mais parecem o catálogo da Sociedade Brasileira de Ginecologia. O meu amigo estava preocupado com o cabelo da miss, um crespo duro, sem estilo nenhum, e estava mais preocupado ainda com a região pubiana dela, no estilo liso total chapinha japonesa, como se os genes tivessem se enganado e trocado os fios de lugar na hora de se combinar na mulher. O fotógrafo não tinha dinheiro para pagar cabeleireiro. A ideia era chamar a miss na casa dele e fotografar a coitada no sofá, na cama, na mesa, tudo em ângulos bem fechados para o pardieiro em volta não aparecer nas fotos. Tudo bem fechado, menos as pernas da miss.

O meu amigo me pediu ajuda e eu sempre gostei de desafios domésticos, montagem de prateleiras, instalação de chuveiros, abajures com mau contato, pequenos consertos, essas coisas. Acabei oferecendo o meu apartamento, que era mais ajeitado que o dele. Quando a miss chegou, catei alguns acessórios no guarda-roupa para a infeliz não sair tão tristemente pelada nas fotos, tapeei o cabelo da cabeça com gel, chapéu, grampinhos e, no outro terreno, não tive alternativa: cortei, não muito rente que a miss não gostava, e depois fiz pequenos cachos para a coisa ficar mais no padrão.

Surpresa. A revista foi um sucesso de vendas. A miss posou para todas as outras publicações do gênero depois, até para as chiques, mas nunca com penteados tão bons quanto os meus. O meu amigo virou fotógrafo fixo da revista e eu acabei produtora dele. Especializada no assunto. E desenvolvi um olho clínico para o assunto. Hoje, se vejo qualquer mulher, já sei se fica bonita nua, se sabe fazer cara de gostosona, se a celulite dela fotografa bem. De maneira que essa virou a minha profissão, produtora de fotos de nus. E deu certo. Os melhores fotógrafos me querem. Trabalho para a melhor revista do mercado. Já fiz frila para revistas gringas, aquelas edições especiais só com brasileiras. E como tem trabalho. Até bem pouco tempo, as mulheres queriam ser médicas, professoras, arquitetas. Hoje elas querem posar nuas, é uma verdadeira vocação.

E eu aqui.

E a barata lá.

SEIS

Barata é o tipo da coisa que me tira totalmente do sério. E eu tenho muito azar com baratas. Com insetos, em geral. Se tem um mosquito na sala, por exemplo, e se tiver mais dez pessoas junto comigo, sou eu quem o mosquito pica.

Mosquito pica.

Mos-qui-to-pi-ca. Mos-qui-to-pi-ca. Não tem umas palavras que ficam estranhas quando a gente presta atenção nelas? Mos-qui-to-pi-ca. Como eu ia dizendo, sou eu quem o mos-qui-to-pi-ca. Talvez seja por causa do meu sangue, O positivo, doador universal – para mosquitos, inclusive. Mos-qui--to-pi-ca. Se bem que é a mosquita quem pica, eu sei porque essa foi uma questão que caiu no meu primeiro vestibular. Não é estranho? É a mosquita quem pica, mas *pica* é uma palavra muito mais apropriada para o macho da espécie.

Bobagem, deve ser a barata que está fazendo isso comigo.

Eu tenho azar com baratas. Uma vez, eu era pequena, subiu uma na minha cama. Foi um pavor, uma gritaria, e a minha mãe ainda ficou furiosa comigo, pensou que estivesse acontecendo alguma coisa mais grave. Mais grave que uma barata na cama de uma criancinha? Pior foi a minha avó, que disse: vai ver, ela subiu na sua cama por causa do seu nome: Dulce. Doce. Barata gosta de doce. Logo, as baratas gostam de você.

Minha querida avó, onde você estiver, saiba que a senhora foi a responsável por traumatizar uma inocente menininha de seis anos. *As baratas gostam de você.* Isso lá é coisa que se diga? Depois desse episódio, passei a detestar meu nome com todas as minhas forças e preferiria ser chamada de qualquer coisa que barata odiasse. De bom grado eu passaria a atender por Panqueca Oliveira, Cenoura Oliveira, Mortadela Oliveira, Tripa Grossa Oliveira, tudo o que não fosse doce me serviria. Mas continuei Dulce Oliveira e, até hoje, sempre que alguém, para me elogiar, fala que o meu nome combina comigo, que eu sou mesmo um doce de pessoa, sempre que alguém fala isso eu lembro da minha avó e entro em pânico. Me dá vontade de entrar no primeiro cartório e virar Coca-Cola Zero Oliveira.

Zero açúcar. Zero barata.

SETE

Barata desgraçada. Me deixou aqui pelada. Eu, a toalha e mais nada. Como é que eu resolvo essa parada?

Som de patinhas arranhando a porta. Ela deve estar tentando sair. E se eu chamasse o... não, deixa para lá. Seria o meu primeiro encontro com ele. Impossível ligar para um homem que eu mal conheço e pedir que me ajude a matar uma barata. *E tem mais, querido, eu estou praticamente nua porque a barata se trancou com todas as minhas roupas no meu closet. Você não se importa, não é?* Impossível. Ia parecer um truque para atrair o cara aqui sem jantar, sem conversa, sem social alguma. Mesmo que a coisa vá terminar assim, antes existe um papel a ser representado. Infelizmente, tem que ser nessa ordem. Alguns estágios precisam ser respeitados. Primeiro as convenções. Depois a barata.

Isso me lembra do meu primeiro namorado sério, o Pinto. Quer dizer, Pinto era o sobrenome. Os pais deram-lhe um nome tão feio que o coitado preferia ser chamado de Pinto. O nome mesmo era Gaudevir, homenagem a um dos bisavós às custas da desgraça do garoto. Gaudevir Pinto. Era muito estranho, eu, com dezessete anos, apresentando o meu primeiro namorado apresentável em casa: "Mamãe, papai, esse é o meu amado Pinto". E para as minhas amigas: "Vocês já conhecem o Pinto?". E para a minha avó, aquela da barata: "Vovó, esse é o Pinto, que você já viu no almoço lá de casa. Lembra do Pinto, vovó?". E ela: "Ah, se lembro, minha filha".

Se eu tivesse ficado com o Pinto, jamais enfrentaria uma situação como essa. Meu Pinto era um destemido. Tinha recém passado no vestibular de engenharia, não temia matemática nem barata, duas coisas que sempre me apavoraram. Por que eu lembrei do Pinto agora? O Pinto foi criado no interior, sabia se tinha barata em casa pelo cheiro. Desentocava os ninhos do bicho por prazer. Nos finais de semana na praia, naquelas casas de pescador caindo aos pedaços onde a gente dizia ficar por romantismo, mas que alugava por falta de dinheiro mesmo, o Pinto ia logo avisando: "Tem ninho de barata no quarto". Eu me desesperava e pedia para ir embora, mas o Pinto fuçava dentro dos armários velhos e mexia atrás da cama toda desconjuntada até encontrar o ninho e botar fogo. Porque não adianta só jogar o ninho no lixo, o Pinto me ensinou, senão os ovos descascam e acabam virando bebês que logo se transformam em baratas gigantes.

Eu me arrepio só de pensar.

Não havia barata que sobrevivesse ao Pinto. Pena que caçar baratas fosse o ponto mais forte dele. O Pinto era um sujeito de poucas palavras, tipo um tanto rústico, com um gosto musical duvidoso: louco por reggae, acho que gostava ainda mais do Bob Marley que de matar baratas. Tinha todos os discos, sabia todas as músicas. A gente ia para a praia no velho Chevette Jeans do pai dele, se é que alguém lembra desse clássico da indústria automobilística brasileira, um Chevette cor de jeans e com bancos revestidos em jeans. Felizmente, depois disso, Deus inventou o design, e o carro saiu de linha. Então íamos para a praia no Chevette Jeans do pai do Pinto, e o Pinto levava um toca-fitas para tocar, única e exclusivamente, reggae. Tinha horas em que eu pensava que ia enlouquecer.

O Pinto gostava de Bob Marley, de matar barata e, em terceiro lugar, acho que gostava de mim. É que o Pinto era inexperiente com mulheres, não tinha um espírito muito empreendedor para coisas que não fossem procurar ninhos de insetos rasteiros. Fazia a lição de casa, beijinho-beijinho, mão nos peitos, mão naquilo, aquilo na mão, aquilo naquilo, então ligava a tevê, e a gente ficava vendo qualquer coisa que estivesse passando e rindo dos programas humorísticos da época. A melhor parte de transar com o Pinto era ver tevê com ele depois.

O Pinto. A gente terminou porque eu também entrei na faculdade e acabei conhecendo caras mais interessantes. Ou, talvez, um pouco menos tediosos faça mais justiça à situação. Comecei a dar desculpas para o Pinto, dizer que não podia sair, recusar os finais de semana na praia. Daí veio o inverno, a quantidade de baratas diminuiu e eu já não sentia mais tanta necessidade de ter o Pinto por perto. Um dia uma amiga me disse que viu o Pinto com outra garota. Armei um escândalo, mandei que ele sumisse para sempre da minha vida.

E o Pinto sumiu.

OITO

Em dias como esse eu penso no fim que o Pinto levou. Se casou, teve filhos, venceu na engenharia, continua matando baratas. Se tivesse prosperado no ramo, quem sabe montado uma empresa de extermínio de insetos, eu poderia chamar o Pinto agora, e tudo estaria resolvido. O Pinto já me viu em trajes íntimos, até sem traje algum. O Pinto eu podia chamar, mas como é que eu vou chamar o estranho com quem eu devia estar me encontrando agora para me ajudar aqui? Ou chamar o zelador para me socorrer vestindo só uma toalha? Se ao menos eu fosse do tipo que deixa roupa atirada pelo quarto, pela sala, pela cozinha, mas não. Eu e a minha maldita mania de guardar tudo no lugar. Mania de limpeza, de deixar tudo sempre arrumado e brilhando. Me serviu para que tanta organização? Para uma barata ficar com todas as minhas roupas.

Eu poderia ligar para a minha mãe, mas a minha mãe morreu há dois anos. Antes eu ligava e ela me socorria, fosse bicho, ladrão, inundação, incêndio, tufão, arrastão, qualquer coisa, eu pedia ajuda e a minha mãe vinha na hora. Agora acabou, não tem mais mãe, agora eu não sou mais filha, sou eu e mais um ou outro que aparece de vez em quando. E tem as minhas amigas, mas matar barata não é coisa que a gente peça para uma amiga. Tem que pedir para a mãe e, na falta dela, para o marido. Na falta do marido, para o zelador. Na falta do zelador, para o psiquiatra. Mas a minha psiquiatra é mulher e tem horror de barata. Teve uma consulta em que ela falou o tempo inteiro do medo que ELA tem de barata. Eu paguei duzentos reais, *duzentos reais*, e ainda dei um monte de conselhos para ela enfrentar a fobia. Pior que continuei indo lá depois disso. Tivesse trocado para um psiquiatra homem e pronto, agora tinha para quem ligar.

Na verdade eu tinha um psiquiatra homem, o tal que identificou meu pavor de barata como fobia, mas não rolou legal entre a gente. Era um senhor, cabelos brancos, bonitão, e eu morria de vergonha de contar algumas coisas para ele. Quer dizer, eu falava sobre a minha mãe, sobre as minhas dificuldades com a minha família, mas e quando o assunto era sexo? Não saía nada. Naquela época eu tinha recém me separado do Norberto, ou seria do

Dagoberto? É engraçado, mas teve um tempo em que eu só saía com caras terminados em *erto*. Teve o Alberto. E o Adalberto. Roberto, então, teve uns quatro. Sem esquecer do Eriberto. Teve também o Gilberto, eu era louca pelo Gilberto. Só não teve foi o cara certo. Maior deserto. Mas eu queria mesmo era falar do meu psiquiatra. Doutor Felisberto.

Pode ser loucura minha, mas um dia eu comecei a achar que o doutor Felisberto me olhava de um jeito estranho. Que ele podia ler os meus pensamentos. Freudiano ortodoxo, tudo era sexo para ele. Vivia me perguntando se eu sentia prazer sexual. Agora imagine a situação: eu, sozinha em um consultório cheio de móveis pesados de mogno ou outra dessas madeiras de respeito, madeira de casa de família, e um senhor que podia ser o meu pai me perguntando se eu sentia prazer sexual. Eu jamais poderia ter uma conversa dessas com um senhor, mesmo que fosse o meu psiquiatra. Daí eu inventava, falava que era tudo perfeito, que eu nunca tive problema sexual nenhum, só para ele trocar o tema e falar de alguma coisa verdadeiramente problemática, como barata, por exemplo. Mas o doutor Felisberto nunca mudava de assunto. Só queria saber se eu sentia prazer sexual. Achava que essa era a chave para eu decifrar a minha relação com o mundo. Tem cabimento um troço desses?

Tem.

Eu sei.

Foi demais para mim, não segurei. Troquei de psiquiatra. Fui parar nessa mulher de quem falei, essa que tem medo de barata e que se consulta comigo. Às vezes eu vejo o doutor Felisberto pela rua, mas faço que não o conheço. Mesmo sem confirmar se eu sinto prazer sexual, o doutor Felisberto sabe muito sobre mim. E eu, absolutamente, não quero que ele me diga.

NOVE

Esqueci de citar o meu pai na minha lista do S.O.S. Barata. Mas esquece, o meu pai também já morreu, e dez anos antes da minha mãe. E tinha horror de barata, devo ter pegado essa fobia dele. Eu adorava o meu pai, passei a minha infância toda achando que ele era mil vezes mais bacana que a minha mãe. O freudiano do doutor Felisberto já faria as interpretações de praxe, arrumaria um jeito de colocar sexo no meio. Bobagem. Eu nunca vi o meu pai como homem, sempre pensei nele como pai. Jamais casaria com o meu pai e nunca quis tomar o lugar da minha mãe. Eu adorava ser filha dele, só que sentia uma estranha sensação de vergonha perto do meu pai. Quer dizer, não vergonha dele, que era bonito, bem-vestido, inteligente, engraçado, sedutor, um homem ótimo – como pai, evidentemente. Eu tinha vergonha era de mim perto dele. Sei lá, eu era tão sem-sal, eu, Dulce, com o perdão do péssimo trocadilho. Tão sem encanto algum. Meu momento de glória era quando eu fazia o meu pai rir. Porque ele era tão engraçado, mas tão engraçado, que eu precisava ser muito boa para fazê-lo rir. E, de vez em quando, eu fazia. Nesses momentos a minha autoconfiança ia nas alturas, só que não durava muito. Se ele não risse da minha próxima piada, eu já voltava a me sentir um traste de novo.

É estranho. Parece que, à filha, basta ser mulher para ter o amor do pai. Para mim, não bastava. Eu achava que tinha que ser igual ao meu pai para ele gostar de mim. Óbvio que o doutor Felisberto daria alguma interpretação sexual para o caso. Ainda bem que eu nunca contei nada disso para ele.

Mas o que eu queria dizer é que não adiantaria chamar o meu pai para matar essa barata, porque ele tinha tanto medo de barata quanto eu. Lembro de uma vez em que a família foi para a praia e minha mãe decidiu desinsetizar a casa na nossa ausência. Quinze dias depois, quando voltamos, tinha barata morta por todos os lugares. Na sala. Nos banheiros. Nos quartos. Na cozinha. Tinha barata até nas três canecas que uma tia pintou com os nossos nomes. Foi o meu pai quem organizou a operação: ele varreria o pátio e a garagem, e minha mãe e eu daríamos um jeito na casa por dentro. Mas eu me senti mal, precisei deitar um pouco e acabei dormindo, isso depois da minha mãe desinfetar cuidadosamente todos os cantos do meu quarto. Acordei com o meu pai sendo atendido por um pronto-socorro. No esforço de varrer os bichos mortos, ele desmaiou, bateu a cabeça no chão e acabou levando cinco pontos. Pelo menos se livrou da limpeza, diria mais tarde. Então, mesmo que estivesse vivo, meu pai não me ajudaria em nada nesse momento.

DEZ

Não falei ainda: nas minhas horas vagas, que são muitas, eu escrevo. Na verdade, as minhas horas vagas não são tantas assim. Além do trabalho na revista eu tenho, religiosamente, minha ginástica, meu psiquiatra e minhas reuniões semanais com amigas. Fora encontros esporádicos com um ou outro cara, ainda faço aulas de inglês duas vezes por semana e gasto boas horas falando ao telefone. Uma agenda administrável, enfim, mas não me sobra tanto tempo quanto seria necessário para eu escrever com concentração, seriedade e essa ladainha toda que volta e meia os autores largam nas entrevistas.

Talvez me falte talento também, mas entrar nesse mérito apenas contribuiria para aumentar a minha tristeza na noite de hoje.

Meu assunto, basicamente, são homens, o que faz todo o sentido, no meu caso. Cada um escreve sobre o que gosta ou conhece, sejam guerras, sagas, relacionamentos, misticismo, música, opção é o que não falta. *Homem* é um tema que, longe de dominar, eu aprecio. Quando comecei a construir histórias mais longas que as redações de uma página e cinco parágrafos do vestibular, lá pelos meus vinte e poucos anos, foi sobre homens que eu escrevi. Vocação, fazer o quê?

Minhas amigas dizem que os homens dos meus textos são sempre problemáticos demais e pouco comprometidos com as mulheres, o que, se observarmos o material onde pesquiso, não chega a ser nenhuma incoerência. Elas reclamam também que todos os meus personagens masculinos são bizarros. Se depender da opinião das minhas poucas leitoras, minha carreira literária será tão fracassada quanto o meu sábado.

ONZE

Tirando minha mãe, que não tinha medo de barata, e uma amiga toda loira e fina que mata o bicho sem nojo e sem dó, acredito que não há mulher que não precise de um homem para matar barata. Por mais evoluída que seja. A mulher, não a barata. Para todas as outras coisas, longe de mim querer ofender algum macho, para todas as outras coisas existe Mastercard. Abrir vidro de compota, por exemplo. Depois do advento dos personal trainers e do desenvolvimento dos bíceps femininos, que mulher precisa de um homem para abrir vidro de compota? Aliás, que mulher come compota hoje em dia? E para a tarefa clássica do homem, aquela básica que todo mundo conhece, ou pelo menos eu desejo do fundo do meu coração que todo mundo conheça, a função reprodutiva sem fins reprodutivos, alguém já reparou na quantidade de órgãos genitais masculinos que o mercado do sexo oferece nas páginas de jornal? Desde *extrabrut com textura sintética de pele de afrodescendente* até *bifurcado com ventosas.* No caso das mais modestas, deve ser possível encomendar um modelo mais comum, do tipo *primo adolescente virgem* ou *santo padre tarado.* Agora, prático mesmo seria pedir pelo número, como nas cadeias de fast food.

Por exemplo:

Para mim, o número quinze. Hoje eu não quero abusar.

Eu quero o Big, número vinte e um.

Tem o número trinta ou já saiu da promoção?

O quê? Número sete? Mas nem de graça!

O número dezoito vem com brinde? Que brinde? Bola antiestresse? Fico com dois. Para viagem, por favor.

Ah, se eu tivesse dinheiro para montar esse negócio, aposto que enriqueceria em um ano. Ou em menos tempo ainda, a continuar a escassez do produto no mercado. Pelo menos do produto de qualidade, aquele que vem acompanhado de um bom papo, uma gentileza, um telefonema no dia seguinte – desde que não seja a cobrar, como me aconteceu uma vez. O cara veio aqui em casa e foi tudo perfeito. No dia seguinte, meu telefone toca, chamada a cobrar. Quase não acreditei quando ele se identificou depois da musiquinha.

Bati o telefone na orelha do sujeito.

Eu sou de graça. Mas prejuízo, não.

DOZE

A essa altura, ele já deve estar pensando que levou um cano. Logo de mim, que faço tudo tão certinho, que não me atraso e não chego antes, que pago em dia e não reclamo do preço, que faço o meu trabalho e ainda termino o dos outros. Não dá para entender como é que assim, do nada, sem pedir licença, sem bater na porta, sem se anunciar pelo porteiro eletrônico, como é que essa barata entrou na minha casa para acabar com a minha vida social.

E, quem sabe, com a sexual.

Há meses esse fulano de hoje insiste em me encontrar, o que desperta em mim mais desconfiança do que vaidade. Não dá para entender tanto interesse se eu nunca fui simpática, agradável ou, no mínimo, receptiva às tentativas dele. Só se for por isso.

Mas hoje aceitei o convite pelo mais óbvio de todos os motivos que empurram uma pessoa para um encontro sem convicção: há alguns dias, levei um pé na bunda do namorado com quem me ocupei no último ano. Um cara casado, com dois filhos pequenos, que nunca prometeu se separar e ainda me passou uma doença venérea, que deve ter pegado de uma das suas muitas mulheres e transmitido para várias outras. O pior foi a reação dele quando contei da doença: não só negou ser o agente da coisa como ainda disse que a culpa era minha. Que quase saiu correndo no primeiro dia em que sugeri transar sem camisinha, burrice que cometi para agradá-lo quando ele fez o anti-HIV, todo romântico, como prova de sua saúde e sinceridade ilimitadas. Depois disso, a história esfriou, desandou e desabou. E eu ainda passei por ignorante, aquela que corre um risco que não precisa para agradar um sujeito que não merece.

Fui muito idiota. Praticamente uma porta. Chega a me doer a aorta. Mas agora não importa.

A doença venérea está sob controle. Já outra mais grave, a mental, é a única explicação para eu ainda sentir a falta de alguém que nunca esteve de verdade comigo.

TREZE

Só de toalha e com todas as luzes acesas. Se eu já não tivesse motivo suficiente para me deprimir, encontraria as razões agora.

Eu, que trabalho cercada por mulheres bonitas e peladas, pratico o velho discurso de que o físico não importa. Conteúdo é o caminho, não canso de repetir nos bastidores das fotos, enquanto os homens da equipe babam pelas modelos penduradas nuas em um lustre ou debruçadas em uma sacada com a bunda virada para a câmera.

Conteúdo é tudo, mas a iluminação do meu quarto revela que as microvarizes de alguns anos atrás, as que começaram a aparecer no tornozelo e foram se desenhando perna acima, não merecem mais denominação tão modesta. Eu não as chamaria sequer de minivarizes. Creio que, agora, qualquer leigo diria que as veias azuladas querendo saltar da pele são varizes-varizes mesmo. Estranho eu não ter notado essa evolução antes.

Pode ser apenas a luz forte demais, mas quer me parecer que o meu pescoço está mais enrugado do que deveria. Palavras do meu sábio pai, que morreu antes da humanidade congelar nos trinta e poucos anos com o botox: para saber a idade de uma mulher, basta olhar para o pescoço dela. Pois o meu pescoço se mostra um tanto cheio de pregas, visto deste ângulo. Meu pai, provavelmente, não me daria menos de setenta.

Eu não me importo com o físico, mas dói ver que meus peitos caíram bastante nos últimos tempos. Bem que eu achei que o cara da doença venérea puxava e apertava demais. Esse troço tem lá sua função erótica, todo mundo sabe, mas é, em primeiro lugar, um órgão utilitário feito de músculos, pele e gordura. Se uma panturrilha, que é muito mais resistente, no máximo é acariciada, por que um peito deveria ser mordido e sovado sem medida como é? O resultado está aqui, claro como a lâmpada de cem watts acima da minha cabeça: o tecido de sustentação não sustenta mais nada. A região foi manuseada além da conta. E eu ajudei, engordando e emagrecendo mil vezes e pulando sem sutiã na cama elástica que um rapaz com quem passei o penúltimo feriadão de Finados, o Ruy, mantinha no quarto para o seu próprio prazer.

A prudência manda apagar todas as luzes antes que algo mais grave aconteça. Mas é isso que a barata está esperando, que a casa fique escura para ela andar livre em cada cantinho: a gaveta das meias, a lata dos biscoitos, a caixa das fotos, a mala com os enfeites de Natal.

A luz fica acesa. E o espelho eu cubro com a toalha da mesa da sala.

QUATORZE

A barata está quieta demais. Não se ouve barulho algum no closet, mas eu sei que ela continua lá. Mesmo enquanto eu me olhava no espelho, minha visão periférica teria percebido algo rastejando pelo quarto. Minha visão periférica era famosa na família. Pelos meus doze anos, na casa da minha avó, eu preparava um lanche na mesa da cozinha e, com o rabo do olho, cuidava para que o leite no fogão não derramasse ao ferver. A empregada da minha avó queria até que eu fosse a um programa de auditório que dava dinheiro para pessoas com habilidades especiais, mas nós duas não conseguimos achar o jeito de levar o fogão, a mesa da cozinha, a leiteira e o leite até o estúdio da televisão. Sem falar no botijão de gás.

Sempre admirei pessoas com habilidades especiais. Muitos dos homens por quem me interessei ao longo da vida só mereceram a minha atenção porque sabiam realizar coisas admiráveis, como virar a pálpebra pelo avesso ou fazer uma moeda andar pela própria barriga mexendo somente os músculos abdominais. Certa vez conheci um mineiro que conseguia forçar uma ereção a qualquer momento, desde que fosse tocado no antebraço esquerdo. Pensando bem, talvez ele tivesse alguma terminação nervosa fora de lugar, uma ligação morfológica braço-pau, o que o desclassificaria da categoria de habilidades especiais. Mas na época eu não fui uma juíza tão rigorosa e muitas e muitas aulas do cursinho matei para passar tardes inteiras com a mão no antebraço esquerdo dele.

QUINZE

E se eu ligasse para a síndica? Se tem barata aqui, é porque esse condomínio é podre. E eu pagando uma taxa de limpeza absurda. Vou ligar para a síndica, e vou dizer muitos desaforos. "Se o seu prédio está assim, imagine a sua lingerie." "E imagine o seu banheiro." "E imagine o seu marido, imagine as dobras suadas da barriga do seu marido, imagine as axilas do seu marido, imagine o *aquilo* do seu marido."

Não, não imagine. Eu não quero imaginar essa cena.

DEZESSEIS

Como é que eu não pensei nisso antes? A faxineira! A mulher que Deus criou com a finalidade específica de enfrentar os mais variados perigos, barata, rato, privada entupida e caixa da gordura transbordando.

Suzana Leite Ribas, minha faxineira. Melhor ligar para o telefone fixo. Vai que ela identifique meu número e não atenda o celular?

Chamou.

Suzana, atende logo esse telefone ou pode procurar outra casa para limpar na quinta-feira.

Atendeu.

Alô? Suzana? Oi, Suzana, é a Dulce. Que Dulce? Quantas Dulces você conhece, Suzana? Eu sempre fui a única no colégio, a única na faculdade, a única no trabalho e a única no cartório, se você duvidar. Que Dulce, Suzana? A Dulce, sua patroa. De Petrópolis. Esqueceu que você vem toda semana limpar aqui em casa?

Ah, você está distraída. (...) Estava lendo. (...) Claro. Esperando um documentário na televisão. E novela, você não vê?

Bom, eu vou ser rápida. Suzana, eu preciso muito que você venha aqui em casa. (...) Não, não é faxina, eu não ia pedir para você fazer faxina num sábado à noite, claro que não. Eu sou adepta da princesa Isabel. A situação é mais grave, Suzana. (...) Não, não tem nenhum homem me ameaçando, ficou louca? Você acha que eu boto homem desconhecido para dentro de casa? (...) Não, não é bem assim. Foram poucas vezes. (...) Algumas vezes, vá lá. Mas pelo menos duas valeram o risco.

Suzana, eu preciso que você venha aqui em casa matar uma barata.

Suzana? Suzana? Alô?

DEZESSETE

A prestadora de serviços autônoma desligou o telefone na minha cara.

DEZOITO

Alô, Suzana, você desligou o telefone? Ah, caiu a ligação. (...) Claro, acredito. O celular pega mal aí em Alvorada. Imagino. (...) Eu sei onde é Alvorada, não é tão longe de Petrópolis. Nada que o ônibus não resolva. (...) Suzana, onde se viu pobre ter medo de distância?

Não pode vir por causa dos seus filhos? Suzana, que desculpa mais esfarrapada. Os seus filhos são adultos, você mesma diz que eles não param em casa. (...) Quer jantar com o Jurandir? Vai dizer que, em pleno sábado, quase nove da noite, o Jurandir não está caindo de bêbado, Suzana? Jantar para que, com todo o açúcar que ele já ingeriu hoje? (...) Açúcar, sim, de onde você acha que vem a cachaça? Cana-de-açúcar, guarde bem essa resposta para quando você fizer aquelas palavras-cruzadas que vêm na *Caras*.

Suzana, eu preciso muito de você. E agora. Eu tenho que sair, é caso de vida ou morte, a barata se trancou no meu closet com todas as minhas roupas. Você não imagina o que eu estou passando, Suzana. Esse bicho despertou os meus medos mais primitivos, me confrontou com todos os meus sentimentos de impotência, de solidão, de desamor. (...) Como é? (...) Clarice Lispector já escreveu sobre isso? E você me recomenda? E desde quando você conhece Clarice Lispector, Suzana? (...) Gosta tanto que o nome da sua filha, Clarice, é uma homenagem a ela? (...) Não, Suzana, eu não li. (...) Nem no colégio, estou dizendo para você. (...) Não li, pronto, e não mude de assunto, por favor. Quero saber que horas você estima chegar aqui, se sair da sua casa imediatamente.

Suzana?

Suzana?

DEZENOVE

Desligou.

VINTE

A estatística do desemprego acaba de aumentar no país.

VINTE E UM

(Anotado na agenda: *Não esquecer de comprar* A paixão segundo G.H., *de Clarice Lispector.*)

VINTE E DOIS

Nove em ponto. Eu disse que chegaria exatamente às nove com um vinho maravilhoso da minha adega. Mentira, não tenho vinho nenhum na adega. E também não tenho adega. Meu plano era sair às oito e quinze e comprar uma garrafa no supermercado da outra rua, desde que o tal vinho maravilhoso custasse até quarenta reais, no máximo. Cinquenta, se a garrafa fosse um espetáculo. Mais que isso, eu deixava o vinho e comprava uma blusa. Um livro. Um CD duplo. Até triplo, dependendo do artista.

A saga do vinho. Agora que é moda qualquer um entender de vinho, os autodenominados conhecedores viraram uma praga em expansão. Eles são geralmente homens, e exigem a presença do sommelier já para o manobrista do restaurante.

À mesa, examinam a carta como se mais nada no mundo fosse digno da sua atenção, muito menos a mulher que os acompanha. No meu caso, para passar esse tempo, que costuma ser longo, vou ao banheiro para resolver o problema de constipação que me atormenta desde sempre. Depois de muitas perguntas e muita indecisão sobre a marca e a safra a pedir, o homem escolhe. O vinho surge orgulhosamente carregado pelo sommelier, para ser aberto com pompa pelo garçom, que deixou de atender diversas outras mesas para aguardar o desenrolar do processo. É então que um curioso fenômeno tem lugar: os conhecedores cheiram a rolha e, dependendo do que lhes parece, guardam-na no bolso do paletó para mostrar mais tarde aos amigos, como quem exibe a lingerie de uma nova conquista.

Enfim na taça, o vinho é chacoalhado, cheirado, bochechado e então engolido, enquanto o sommelier e o garçom esperam, tensos, o veredicto.

Pode servir.

Interessante é que, em todos esses anos testemunhando a mesma cena, nunca vi um vinho ser mandado de volta para onde veio. Na minha opinião, o único gran finale adequado à chatice do ritual.

VINTE E TRÊS

A cidade fica calma às nove da noite de sábado. Quase não tem carro na rua, nem barulho. Também, deve estar todo mundo tomando banho e se arrumando para sair. Só eu tomei banho e terminei assim.

Tanto filme de terror que fazem com bicho, *O despertar das aranhas*, *As serpentes do medo*, *Os gatos diabólicos*, e ninguém nunca lembrou de filmar uma mulher nas garras de uma barata. Fácil de produzir e sem necessidade de um grande elenco, uma ideia do jeito que o cinema nacional gosta: barata. E isso não foi um trocadilho. Interessante que os estúdios não tenham percebido a oportunidade.

Barata, o pesadelo de uma mulher.

Dependendo de como terminar esta noite, eu mesma vou escrever esse roteiro.

VINTE E QUATRO

Eu sei o que vai acontecer. Daqui a pouco o cara vai me ligar. Aí não serei eu implorando para que ele venha, ele é quem vai me dizer que já está chegando. É melhor eu atender com voz de tragédia: "Alô, você não imagina o que me aconteceu. Não, eu não estou chorando, eu só estou nervosa. Sim, eu preciso de você aqui, é um caso de vida, a minha, e morte, a da barata. Barata? Eu falei barata? Não, você entendeu mal, eu disse: grata. Muito grata. Estou esperando, venha logo. Pelo amor de Deus".

Não vai funcionar. Primeira vez que eu ia encontrar o cara. Como é que eu vou pedir para ele me salvar? Pior que, devotado como parece, é até possível que ele salvasse mesmo. E aí eu ficaria devendo um favor eterno, que evidentemente seria pago com sexo, o que não tira pedaço de ninguém.

E também seria retribuído com jantares.

E cinemas.

E telefonemas no meio do dia para demonstrar interesse.

E programas familiares.

E finais de semana na serra.

E almoços na casa da mãe dele.

E coisas obrigatórias de sentir, como ciúme e saudade.

Não sei. Acho que não estou preparada para esse cara salvar a minha vida. Deve ter uma solução menos trabalhosa para acabar com a barata.

VINTE E CINCO

Só se eu ligasse para o 190. Deixa assim, não quero parecer fiasquenta. Tenho que usar minha massa cinzenta. A ajuda virá, ainda que lenta. Senta aí e aguenta.

VINTE E SEIS

Eu vou telefonar é para a farmácia, isso sim, e pedir um veneno em spray. Quem vai borrifar na barata é um problema para depois.

Eu sei que tenho um ímã de geladeira com o telefone da farmácia, onde é que ele foi parar? Não está na caixa dos documentos. Não está no armário dos remédios. Não está na gaveta dos talheres.

Achei. Estava grudado na geladeira.

Alô, é da farmácia? (...) Confirmar o telefone? É nove nove nove nove nove nove nove nove. (...) Meu nome é Dulce. (...) Oliveira. (...) Não sei se eu tenho cadastro, só sei que quero fazer um pedido. (...) Ok. Meu CPF é nove nove nove nove nove nove nove nove. (...) RG? Meu amigo, se eu estivesse tendo um ataque cardíaco, a essa altura eu já estaria até enterrada. (...) Meu RG é nove nove

nove nove nove nove nove nove. (...) Nome da mãe? Mas eu só quero fazer um pedido! Eu preciso de um produto! Vou pagar em dinheiro! Vocês não correm risco algum comigo! (...) É Maria Oliveira. (...) Sim, o nome é só esse mesmo, minha mãe abriu mão do sobrenome da família dela quando casou, o meu avô ficou puto, inclusive. (...) Não, não, com certeza a minha mãe não consta no seu cadastro, ela já é falecida. Agora posso fazer o pedido? (...) Não acredito, posso mesmo? Graças a Deus. Eu quero um veneno em aerossol, um mata-baratas, o mais forte que vocês tiverem aí. (...)Vocês não têm veneno? Mas não é uma farmácia? Não tem esse tipo de mercadoria? (...) Só trabalham com produtos que preservam a vida? Nem vem com essa. Uma amiga minha se entupiu de remédio, tomou tudo que tinha em casa e só não morreu, a coitada, porque teve uma diarreia fulminante. E essa minha amiga era cliente da sua farmácia, pedia tudo daí. E tem mais: preservar vida de uma barata? Quem é que vai lamentar a morte de uma barata? Nem a mãe dela, que já teve outros cinco bilhões de baratas. (...) Se eu desejo mais alguma coisa?

Desejo, mas a minha boa educação não me permite dizer.

VINTE E SETE

Eu preciso de uma água com açúcar, mas tem que ser com adoçante. Com açúcar é muito engordante. Mesmo que seja calmante. Só se eu tomasse um espumante. Qualquer coisa anestesiante.

VINTE E OITO

Tomei com açúcar mesmo. Que venham as gorduras localizadas.

VINTE E NOVE

Tem uma coisa que me deixa louca. Tem mais de uma, não vou nem falar de barata porque estou me dedicando a isso faz meia hora, uma hora, nem sei quanto tempo faz que eu estou aqui, refém de uma barata. Uma das coisas que me deixa louca é telemarketing. Ou qualquer telenegócio, telepizza, teletáxi, telefarmácia. Tele-homem eu nunca tentei, mas imagino a burocracia que deve ser se, para pedir um mata-barata, querem saber até o tipo sanguíneo.

O seu e o da barata.

Quem não tem uma história de telemarketing para contar? Tevê a cabo, cartão de crédito, cobrança de uma conta que a gente já pagou, resort no Nordeste, oferta imobiliária imperdível, até sepultura em trinta e seis vezes já quiseram me vender por telefone. Dia desses eu precisei trocar de operadora de celular. Meu aparelho estragou e, como tinha um tal de contrato de permanência, a operadora não me deixava comprar outro aparelho. Quer dizer, até deixava, mas se eu pagasse o triplo do preço.

A atendente falou muito, explicou todas as razões na linguagem irritante das funcionárias de call center e rebateu todos os meus argumentos com uma única pergunta: "Posso estar ajudando a senhora em mais alguma coisa?". Foi aí que eu desisti de conversar, pedi para romper o contrato, paguei um monte de multas e troquei de operadora. Eu tinha o mesmo número há dez anos. Dez anos. Em dez anos eu troquei de namorado trinta vezes. Troquei duas vezes de apartamento. Troquei de cabelo mil vezes, de partido político outras cinco, troquei tudo e só não trocava o número de celular porque alguém podia querer me ligar e não teria como me encontrar.

No fim, todo mundo continuou me encontrando, mais até do que eu gostaria. Continuaram ligando do meu trabalho para eu trabalhar nos meus dias de descanso e dos telemarketings para me vender coisas de que eu não preciso. Continuaram me pedindo donativos para creches, dinheiro emprestado sem juros, ligando das lojas para me avisar das liquidações, da dentista para lembrar a revisão atrasada, do banco para dizer que o cheque especial estourou, da família para contar algum problema novo, ou um velho mesmo.

Mas quando eu mais preciso, ninguém me liga.

TRINTA

É óbvio que o cara vai telefonar. Louco por mim como ele diz que é, já devia até ter ligado.

Liga de uma vez. Você sempre foi meu freguês. Vou contar até três. Não, não dá para exigir rapidez. Até cem, talvez?

TRINTA E UM

Nunca pensei que eu diria isso, mas existe uma coisa a se admirar nas baratas. Não exatamente nas baratas, mas nas descobertas que a espécie provoca.

Se eu estivesse acidentada a essa hora, ou sequestrada, ou mesmo morta, o sujeito com quem eu deveria ter me encontrado hoje seria informado pela página policial do jornal de segunda, já que a edição dominical saiu antes das duas da tarde de sábado. Conclusão: alguém que age desse jeito desinteressado não me serve nem para estepe/plano B/prêmio de consolação, que seria mesmo a finalidade dele nessa noite.

Nunca pensei que eu diria isso, mas aí vai: muito obrigada, barata. No fim das contas, você abriu os meus olhos.

TRINTA E DOIS

Isso foi de uma idiotice completa. Eu ainda vou dar muitas chances aos homens antes de me aliar às baratas.

Nove e trinta. O sujeito deve estar esperando as dez da noite para se mexer, sinal de que é compreensivo com o atraso alheio. Eu mesma, no meu tempo de esquerda, na época da faculdade, muito me servi da tolerância bolchevique dos companheiros, os quinze minutos que podíamos atrasar nas nossas reuniões secretas. Nunca ninguém me explicou a razão da tal tolerância, mas com certeza era para que inventássemos caminhos diferentes e mais compridos para despistar os órgãos da repressão, totalmente desativados àquela altura dos anos noventa. Cada papel ridículo que eu já fiz nessa vida.

Convivi com muita gente que não dava a mínima para a pontualidade, mas ninguém como um ex-namorado, o Herberto. O Herberto só chegava quando o macarrão já tinha virado cimento, sabe macarrão quando esfria e gruda e fica um bloco compacto, com aquelas gordurinhas do molho presas nele? Pois era nessa hora que o Herberto chegava. Setenta minutos antes ele tinha avisado, pode preparar tudo que eu estou louco de fome e de saudade. Aí eu acendia o fogo, a água fervia, eu colocava a massa, aquecia o molho, levava para a mesa e jantava sozinha. Muito mais tarde, quando eu já estava vendo a novela, ele abria a porta como quem chega na hora, ia direto para a cozinha, se servia de um votorantinzinho, sentava ao meu lado no sofá e ainda ficava perguntando o que tinha acontecido no capítulo.

Não durou muito, o Herberto. Não lembro se fui eu quem terminou ou se, num belo dia, ele atrasou tanto que nem veio. Não importa. Não tinha liga, sabe? Só o macarrão ligava; o Herberto e eu, nada.

Se eu não pensar em barata, acho que consigo ter apetite e preparar um sanduíche. Melhor não, daqui a pouco eu vou jantar. Trata-se apenas de exterminar a barata, botar o meu vestido preto e sair correndo, a essa hora não tem mais trânsito, vinte minutos e chego lá. Só tomara que o cardápio não seja macarrão.

TRINTA E TRÊS

Sabe o que mais? Vou comer um sanduíche. E com maionese, bacon, ovo e patê.

Essa barata não vai me destruir sozinha: eu vou colaborar também.

TRINTA E QUATRO

Onze da noite. Acabou. Ele não vai ligar.

Nada para beber em casa. Nenhum plano C à mão.

Eu preciso falar com alguém.

TRINTA E CINCO

(Da minha agenda.)

Amélia, Anelise, Ana Paula, Amanda, Antônia, Arali. Nenhuma amiga com a letra A atendeu. Devem estar todas dando, essa que é a verdade, dando sabe-se lá para qual vagabundo nessa noite de sábado. Na letra B tem só a Bárbara Bastos, que desligou na minha cara. C de Cíntia, que estava revisando um livro de contos, de Clara, ocupada com a entrega de uma torta de ameixas com leite condensado, de Cláudia, que saiu com a filha, e de Célia, que já estava deitada. A Daniela mora em um apartamento térreo onde o celular não pega. Quando quer ligar, ou ela vai para a entrada do prédio ou sobe até o segundo andar e fica falando na escada de incêndio. E, F, G, H, nada. Na letra I atendeu a Inês, uma obstetra que alguém me recomendou quando eu achei que estava grávida. Não podia pedir que ela viesse aqui matar uma barata, ela que já trouxe tantas vidas ao mundo. J de Juliana, presa no trabalho, e de Jiovana, que carrega no nome a ignorância ortográfica dos pais. Nova decepção: "Após o sinal, grave a sua mensagem". K de Katia, que agora tem um programa de televisão e nunca mais atende quando eu ligo. L de Letícia, Larice, Larissa, Laurinha, Leah, Lívia, Lucia, Luíza, como eu tenho amigas com L, e nenhuma para falar comigo nessa noite. No M são muitas, só Maria Isso e Maria Aquilo tem oito, e onde estão todas? Sem falar na Martha, que está no exterior, na Márcia, que passa as noites treinando para uma maratona qualquer, na Miriam, dedicada ao trabalho de conclusão da faculdade, na Mariana, que perdeu o celular, e na Mariângela, que deve ter saído para jantar com o marido e o filho. N de Nora, que certamente foi para uma reunião extraordinária na produtora. Ninguém na letra O, se eu conhecesse alguma mulher chamada Osminda ou Odália, aposto que os meus problemas estariam resolvidos. P de Paula, que deve ter ido ao jogo do Grêmio, e de Patrícia, que ainda estava no jornal. R de Renata, Rosaura, Rosane, Rachel, onde estão vocês? S de Sílvia, que está no terceiro casamento e tem coisa mais interessante a fazer do que matar barata aqui em casa, de Silvana, que deixou tocar até cair, e de Sofia, minha afilhada, que tem só quinze anos. T de Tetê. Não, a Tetê é muito fina, nem adianta ligar. E a Tânia foi para Berlim. U, nenhum registro. V de Vera Regina, que viajou para o Rio, e de Vânia, que estava estudando matemática com o filho. X, Y, Z, nada.

Fim do alfabeto.

The end para as esperanças.

TRINTA E SEIS

Claro que eu tenho alguns candidatos sem chance alguma, como todo ser humano que se preze. Só não acho digno usar dessa prerrogativa, e não com eles, mas comigo. Se eu recorrer a esse tipo de opção tarde da noite de um sábado, fica claro que eu sou tão solitária e sem escolha quanto eles. Posso até resolver o meu problema imediato, mas com um prejuízo grande demais à minha imagem.

Sem falar no risco de, a essa altura do sábado, até os piores pretendentes estarem com alguma mulher. Nem que seja pagando.

Eu posso passar as horas que me restam até o domingo sozinha. Não será a primeira vez, e eu ainda sairei dessa mais forte. É na adversidade que o homem se agiganta, eu tinha um amigo que vivia repetindo isso. Um ditado perfeito para mulheres também.

TRINTA E SETE

Sem falar que é bom ficar só. Aproveitar a própria companhia. Fazer o que se tem vontade sem dar satisfação a quem quer que seja. A solidão, inclusive, pode ser muito produtiva. Algumas das minhas boas ideias eu tive nos momentos em que me vi sozinha. Meu melhor conto, um que ficou em sétimo lugar no concurso da Biblioteca Pública da cidade, escrevi em uma entressafra de trabalho, vida social e homens. Dez longos dias apenas escrevendo. Acho que eu merecia mais que o sétimo lugar.

É incrível a quantidade de pessoas, mulheres e homens, que prefere ficar com qualquer um ou ir a qualquer lugar apenas para não admitir sua solidão. Não que eu já não tenha agido assim, e que não fosse reincidir nesse engano hoje mesmo, ao me encontrar com um sujeito que nem percebeu que eu não fui.

O doutor Felisberto não acreditaria na minha maturidade. Trancada em casa, sem roupa, abandonada por todo mundo e à mercê de uma barata. Com tudo isso, estou tranquila. Pronta para passar a noite inteira sem ver ninguém e sem ninguém para me ouvir.

TRINTA E OITO

Barata? Você está aí?

TRINTA E NOVE

Não importa o que digam. Decidi conversar com você por opção.

A solidão não tem nada a ver com isso.

QUARENTA

Barata, façamos um acordo: eu vou deitar na minha cama, embaixo dos meus cobertores, e você não vai chegar perto de mim. Essa toalha úmida a que você me condenou ainda vai me causar uma pneumonia. Você, por favor, continue fechada no closet. É melhor a gente se falar assim, uma de cada lado da porta. E a luz eu vou deixar acesa para controlar os seus passos.

Não sei se você notou, mas nós duas podemos ser o marco zero das nossas espécies. A primeira mulher e a primeira barata que descobrem afinidades jamais antes imaginadas. Porque não venha me dizer que você tem uma vida afetiva satisfatória, ou não estaria sozinha aqui em casa hoje, certamente em busca de comida para levar até sua toca. No reino dos humanos, essa sua atitude equivale a ir ao supermercado no sábado de noite para fazer as compras do mês. Você ficaria pasma de ver quanta gente passa a noite de sábado enchendo o carrinho de sabão em pó, papel higiênico, café solúvel e detergente.

Afinidades entre as mulheres e as baratas. Podia ser um ramo investigativo novo para os estudiosos do comportamento.

Sabe, barata, eu acredito que não existe mais nada para ser dito sobre as mulheres. A fisiologia já foi toda desvendada, e a psicologia não é mais segredo para ninguém. Basta ler qualquer revista mensal dirigida ao público B/C, feminino, 25/40 anos, grau de instrução médio/superior.

O que ainda não se sabe sobre as mulheres é o mesmo que ainda não se sabe sobre os homens. Os enigmas da espécie como um todo. Na minha opinião, eu que sou produtora de fotos de mulher pelada e entendo mais do exterior dos outros, o que falta é descobrir como se forma o caráter das pessoas. É isso que determina tudo, quem vai ser bom e quem vai ser mau, quem vai trabalhar e quem vai roubar dos que trabalham, quem vai mandar e quem vai ser pau-mandado. Não, barata, não me venha com essa de que o meio determina o indivíduo. A história está cheia de exemplos que contradizem você, tanto para um lado quanto para o outro. Quem determina o indivíduo é o caráter dele. Se não fosse isso, bastava criar todo mundo para ser coroinha de igreja, e os problemas estariam resolvidos.

Sabe esse sujeito que me deu o fora, o tal que me passou a doença sexualmente transmissível? Esse aí não tem caráter. Não por causa da doença, que essa eu podia evitar tendo o caráter de usar camisinha, nem porque me deixou, que ele não era obrigado a ficar comigo, mas pelo jeito como fez a coisa. Foi tirando o corpo fora, parando de ligar, desmarcando os encontros, mas tudo isso sempre dando a impressão de que eu o fazia agir assim. Por exemplo: se eu mandasse três e-mails durante a tarde, o cara alegava se sentir perseguido por mim e sumia pelos dias seguintes.

Eu não concordava com a acusação, mas o meu caráter me levava a acreditar que sim, a culpa por ele se afastar era toda minha. E aí eu o cercava ainda mais com os meus carinhos e as minhas tentativas de reconquistá-lo, e as reclamações sobre a minha suposta invasão aumentavam, e claro que isso só podia terminar com a minha dispensa sumária e sem aviso prévio.

Caráter é tudo, barata. Quem entender as suas nebulosidades desvendou a raça humana. Mas agora tem essa ideia aí de juntar as mulheres e as baratas na mesma teoria, e que também pode explicar algumas coisas. Vou falar com o Della Giustina, um amigo meu que trabalha no planejamento de uma agência de propaganda. De repente até deixo que ele desenvolva a tese, mas com a minha consultoria. Quem sabe a gente não ganha dinheiro, não aparece na televisão, não sai no jornal?

QUARENTA E UM

Barata, você está quieta demais para o meu gosto. Por favor, não invente de fazer cocô em cima das minhas roupas. Ou de parir aí dentro do meu closet. Você não está grávida, está? Nós duas desenvolvemos uma certa proximidade, eu sei, a gente está se falando bastante, posso mesmo dizer que, nesse momento, você é a minha relação mais forte com o mundo, mas não abuse. Isso vai durar só até o domingo amanhecer, e não falta muito. Com a luz do dia eu fico forte outra vez, abro todas as janelas, não me importo mais se o meu apaixonado de araque vai me procurar ou não e se as minhas amigas não atendem os meus telefonemas. Não se sinta ameaçada, eu sou incapaz de matar uma barata, como já deu para perceber, mas você não pode achar que vai ficar morando aí para sempre, como quis fazer aquele cara que eu namorei tempos atrás, o Leandro. Quer que eu conte para você?

Ah, barata, o Leandro queria casar. E quem já teve na vida um homem disposto a casar sabe o quanto é difícil lidar com um.

O Leandro tinha planos para as nossas férias juntos na primeira manhã em que acordou aqui. E vai explicar que eu, produtora freelancer, não tenho direito a férias, a menos que eu mesma pague por elas.

Com uma semana de namoro, o Leandro pediu a chave da porta. Quarenta e oito horas depois, cheguei de madrugada de um trabalho, e a mudança dele estava toda instalada aí no closet que você invadiu. Assim, num primeiro olhar, até me pareceu que as roupas do Leandro ocupavam mais espaço que as minhas.

Depois disso, a cada dia o Leandro trazia alguma coisa diferente para cá, um objeto de artesanato, um santinho para a nossa proteção, um amigo que eu nunca havia visto, um vaso enorme que não cabia no apartamento, a mãe e as duas irmãs do interior para passar um feriadão com a gente. A gota d'água foi quando ele surgiu com o cachorro do chefe. O dono da empresa de computadores onde o Leandro trabalhava saiu de férias, e o cão peludo e sinistro do homem ficou hospedado na minha sala. Passei dias trancada no quarto, com medo.

Minha primeira ideia foi eu ir embora da minha casa para não ter que dizer ao Leandro que não dava mais. Depois considerei a dificuldade que seria arrumar um fiador com dois imóveis quitados para alugar outro apartamento, o prejuízo que eu teria comprando todos os eletrodomésticos e os eletroeletrônicos de novo e a falta que me fariam algumas coisas às quais eu sou apegada, como um lustre de borboletas horrendo que era da minha mãe e o meu vestido preto que custou uma fortuna, esse mesmo que deu origem à nossa história.

E, assim, voltamos ao início de tudo, e a melhor das justificativas para eu não deixar você morar comigo, barata.

Estava tudo mal até você aparecer. Mas pelo menos eu não pensava.

QUARENTA E DOIS

Já falei do pai de santo que gostou de mim? De rosto não era muito bonito, mas tinha um corpo e tanto. Conheci no aniversário de uma amiga arquiteta, e nunca ficou muito claro o que ele fazia lá. Eu achei que os dois estavam tendo um caso, mas a minha amiga negou. Vá saber. O pai de santo dançava muito, até hoje não entendi se era trance, twist ou algum espírito que incorporava nele. A gente riu bastante das minhas tentativas de dançar igual, até pintou uma identificação. Uns dias mais tarde, o pai de santo me convidou para sair, mas eu não fui. Podia ter tentando, eu sei, mas tem coisas que vêm lá do meu passado, da forma como eu fui criada, é difícil superar. Não tem nada a ver com a minha família ser de origem católica e ele seguir um culto afro, não é isso. Ou talvez seja um pouco isso, mas bem pouco. O que me perturbava mesmo era o pai de santo usar vestido branco. Eu adoro vestido branco, mas para o meu próprio uso. Não me sentiria bem ao lado de um cara de vestido branco. Preconceito, claro, mas eu nunca disse para você que eu não tenho preconceitos. Só que eu tento lutar contra.

Talvez seja o caso de eu me abrir um pouco para novas possibilidades. Essa coisa aí de engenheiro, jornalista, médico, lojista, isso tudo ficou muito previsível. Mas pai de santo é radical demais.

Mensagem de texto no meu telefone. Você ouviu?

É o cara do jantar. Olha a cara de pau: "Aconteceu alguma coisa com você? Beijo".

Mais de duas da manhã e agora ele me pergunta se aconteceu alguma coisa. O que você responderia no meu lugar?

"O destinatário que você procura não existe. Esta é uma mensagem automática, favor não responder."

Eu reclamo, mas até que aprendi alguma coisa com os call centers.

QUARENTA E TRÊS

Mudando de assunto, você já ouviu falar do Gregor Samsa, aquele do livro *A metamorfose*, o tal que um dia acordou transformado em barata? Escrito por Franz Kafka, não conhece? Pois nada indica que ele tenha se transformado em barata. Quer dizer, tudo indicava, mas as interpretações mais modernas consideram que o homem, que tinha uma existência de inseto, sempre oprimido por todos, acordou virado nisso: em um inseto. E cada um que imagine de que espécie.

Confesso que me decepcionei um pouco. Pessoalmente, se você me desculpa, acho que não pode ter nada pior que dormir gente e acordar barata. Dormir mulher e acordar homem seria chato, mas deitar como eu sou, mesmo com barriga, bunda caindo e celulite, e acordar com patas, casca e asas como você, olha, só de pensar eu quase vomito.

Nunca ouviu falar do Gregor Samsa? Passou a sua vida mais interessada em roer os livros que em lê-los? Coitada. Mas é mesmo raro alguém se transformar em leitor sem ser estimulado. Não é impossível de acontecer, mas é como se transformar em barata, ou inseto, que seja. Bem difícil.

Agora fiquei com pena da sua ignorância. Vou ler para você o início de *A metamorfose*, só para dar o gostinho. Do resto você vai atrás na Biblioteca Pública, mas tente comer as páginas apenas no sentido figurado. Vou pegar o livro lá na sala.

QUARENTA E QUATRO

Certa manhã, ao despertar de sonhos intranquilos, Gregor Samsa encontrou-se em sua cama metamorfoseado num inseto monstruoso. Estava deitado sobre suas costas duras como couraça e, quando levantou um pouco a cabeça, viu seu ventre abaulado, marrom, dividido em segmentos arqueados, sobre o qual a coberta, prestes a deslizar de vez, apenas se mantinha com dificuldade. Suas muitas pernas, lamentavelmente finas em comparação com o volume do resto de seu corpo, vibravam desamparadas ante seus olhos.

"O que terá acontecido comigo?", ele pensou. Não era um sonho. Seu quarto, um quarto humano direito, apenas um pouco pequeno demais, encontrava-se silencioso entre as quatro paredes bem conhecidas. Sobre a mesa, na qual se espalhava, desempacotada, uma coleção de amostras de tecido

– Samsa era caixeiro-viajante –, estava a imagem que ele havia recortado havia pouco de uma revista ilustrada e posto numa moldura bonita e dourada. Ela mostrava uma dama que, escondida num chapéu de pele e numa estola de pele, sentava ereta e levantava aos espectadores um regalo também de pele, dentro do qual sumia todo seu antebraço.

O olhar de Gregor dirigiu-se então para a janela, e o tempo nublado – ouviam-se os pingos da chuva baterem sobre a calha da janela – deixou-o bastante melancólico. "Que tal se eu seguisse dormindo mais um pouco e esquecesse de toda essa bobajada", pensou; mas isso era totalmente irrealizável, uma vez que estava habituado a dormir sobre o lado direito e em seu estado atual não conseguia se colocar nessa posição. Por mais força que fizesse na tentativa de se jogar para o lado direito, balançava voltando sempre a ficar na posição de costas. Deve ter tentado fazê-lo cerca de cem vezes; fechou os olhos a fim de não precisar ver mais suas pernas se debatendo, e apenas desistiu quando passou a sentir no lado uma dor leve e sombria, que jamais havia sentido.

"Oh, Deus", pensou ele, "que profissão extenuante que fui escolher! Entra dia, sai dia, e eu sempre de viagem. As agitações do negócio são muito maiores do que propriamente o trabalho em casa, e ainda por cima impuseram sobre mim essa praga de ter de viajar, os cuidados com as conexões de trem, a

comida ruim e desregulada, contatos humanos sempre cambiantes, que nunca serão duradouros e jamais afetuosos. Que o diabo leve tudo isso!" Sentiu uma leve comichão acima, sobre o ventre, deslocou-se devagar sobre as costas, aproximando-se da guarda da cama, a fim de poder levantar melhor a cabeça; encontrou o lugar que comichava; ele mostrava-se tomado por uma série de pontinhos brancos e pequenos, que ele não logrou avaliar donde vinham; quis tocar o local com uma das pernas, mas logo puxou-a de volta, pois o contato lhe dava calafrios.

Deslizou até voltar à sua posição anterior. "Esse acordar cedo", pensou ele, "faz a gente ficar meio abobado."

QUARENTA E CINCO

Quer saber? Eu entendo o Gregor Samsa.

Às vezes eu também acordo transformada em barata.

QUARENTA E SEIS

Cinco da manhã. Até que o tempo passou rápido. O mais estranho é que a gente conversou a noite inteira e eu ainda não fiquei com sono. Normalmente, eu já teria entregado os pontos. Meus amigos sempre dizem que eu não sou boa companhia para as noitadas, e é verdade. Já você, com esses hábitos noturnos, seria a acompanhante perfeita para eles.

Vou contar uma coisa, mas que fique entre nós. Em uma dessas festas em que eu já me arrastava pelos cantos, acabei trazendo para cá um americano que passou horas dançando comigo, um que trabalhava no Consulado dos Estados Unidos em Recife.

Consulado Americano em Recife, e eu precisando viajar para Nova York. Deixei de fazer dois ensaios de mulher pelada lá por causa do meu visto vencido há mais de três anos.

Não foi por interesse, juro, eu gostei mesmo dele. Adam Robert, do Corpo Consular. Também achei bacana ele ser do Corpo Consular, eu que sempre saio com homens de profissões tão iguais. Pois eu trouxe o Adam Robert comigo e, enquanto ele ia ao banheiro, deixei meu passaporte casualmente aberto na mesinha de cabeceira, na parte do visto vencido.

Não sei se o americano chegou a examinar meu visto. Caí no sono de roupa e tudo, durante os beijos dele, que tinha uma técnica bastante estranha: Adam Robert parecia cuspir enquanto beijava, de maneira que, em menos de dois minutos, até os meus cílios pingavam saliva.

Acordei algumas horas depois, assustada. Adam Robert tinha ido embora, mas sem levar nada de valor, pelo menos. Para dizer a verdade, dei pela falta de uma pequena escultura de gesso que ficava na estante da sala, um gaúcho sem bombachas e com o membro servindo de haste para uma bandeira desfraldada do Grêmio, meu time do coração. Pura arte naïf, algo que, enfim, interessa aos estrangeiros.

Tenho que admitir que a sua companhia não é das piores, barata. Fazia anos que eu não conversava tanto.

QUARENTA E SETE

Antes que eu levante daqui para abrir a janela, queria saber se você tem nome. Não nome de espécie, *Blatídea*, *Periplaneta*, essas coisas, nome-nome, como Dulce.

Não tem, provavelmente. Seria impossível a sua mãe pensar em nomes para tantos filhos. Melhor deixar *barata* mesmo, ou você e seus irmãos poderiam ser vítimas de experimentos como Ravirsson ou Maitlana. Claro que esses nomes existem, eu mesma já conheci pessoas chamadas assim, ou até pior. Como, onde? No colégio, nos consultórios médicos, nas festas, nas produções das fotos, nos aviões, nas rodoviárias, nas férias, nas lojas, por onde eu andei. O nome é a prova de amor mais discutível que os pais dão aos filhos, você não acha? Porque eles tentam fazer o melhor, pensam, debatem, se informam. E volta e meia todo esse esforço sai pela culatra, como no caso do bebê da tia do lanche lá da revista, que pelo resto da vida vai se chamar Google. Mas ela deve ter registrado Gugol.

Agora que essa longa noite se foi, e sempre pensando na aproximação das nossas espécies, pensei em ler para você um conto que eu escrevi. O assunto até que é interessante: um ator pornô com o membro pequeno. Você achou estranho? Espere dois minutos, eu encontro o texto no meu computador e provo para você que o conto faz sentido. Só não durma, por favor. O que me falta é você me deixar falando sozinha.

Achei.

QUARENTA E OITO

Gene recessivo

Se a moral da história é você passar um terço da vida estudando e então trabalhar em alguma coisa de que realmente goste para não ser um adulto frustrado pelos dois terços restantes da vida, então eu sou mais feliz que todo mundo.

O que eu realmente gosto não precisa de estudo para ser executado e é tão agradável e reconfortante que não pode ser considerado um trabalho.

Não lembro exatamente quando foi que me decidi por esse caminho. Talvez tenha sido durante uma aula interminável de biologia, a pior de todas as matérias que fui obrigado a decorar. Em compensação, também foi nas aulas de biologia que aprendi sobre o funcionamento do órgão sexual masculino, e alguma importância isso teve na profissão que resolvi seguir.

Eu não tinha mais do que quatorze anos e só pensava no glorioso dia em que faria sexo pela primeira vez. Esse pensamento ocupava todo o meu tempo, principalmente as manhãs, turno em que frequentava o colégio. De uns tempos para cá, crianças que não conseguem prestar atenção na aula são diagnosticadas como portadoras de déficit de atenção. Meu caso era diferente. Minha atenção estava cem por cento concentrada na expectativa do meu primeiro ato sexual, o primeiro dos milhões que viriam a seguir, e não havia ensinamento de álgebra ou gramática que pudesse concorrer com isso.

Enquanto meus colegas, com maior ou menor dificuldade, evoluíam para a meiose, a mitose, as mitocôndrias e o Complexo de Golgi, eu seguia na mesma série, vendo e revendo a categoria dos poríferos. Por causa dessas criaturas inferiores, cujo modo de reprodução até assexuado é, perdi três anos da minha vida. E ainda hoje não entendo por que saber alguma coisa sobre elas seria importante para a minha formação.

Enfim terminei o colégio, e não houve argumento capaz de me convencer a fazer a obrigatória inscrição no vestibular. Minha mãe disse que eu não seria nada na vida, e não posso culpá-la por tal reação. Até aquele momento, eu nunca tinha falado sobre os meus planos, e também não acredito que meus pais concordassem com eles.

Aos dezenove anos, eu estava pronto para ser um ator pornô.

Por que um ator pornô?

Se quem gosta de tênis quer ser tenista, quem joga futebol deseja jogar profissionalmente e quem se dedica a escrever sonha em ser escritor, nada mais lógico que alguém que se interessa muito por sexo ter a ambição de ganhar a vida com o sexo.

Ainda não falei de uma particularidade que desde muito cedo observei em mim, durante os banhos em conjunto com os meus primos e nos vestiários das piscinas: meu pênis sempre foi muito menor que o dos outros, a ponto de causar espanto entre os que o viam. A todos, eu sempre respondi que ele era assim somente em estado de repouso, convidando quem o desejasse para conhecer suas reais possibilidades. O que ninguém poderia saber é que, em repouso ou não, seu tamanho não variava quase nada. Seis centímetros relaxado, quase oito com os corpos cavernosos inundados de sangue, conforme os ensinamentos das aulas de biologia.

Atores pornôs se caracterizam, via de regra, por seus grandes e balançantes membros, que quase parecem possuir vida própria, dada a quantidade de movimentos que são capazes de executar. No meu caso, imaginei que a modesta centimetragem servisse como um diferencial. Assim como muitos cachorros, cavalos, anões e hermafroditas fizeram carreira no cinema adulto como coadjuvantes dos bem-dotados, eu poderia também encontrar o meu espaço. *O menor pênis das telas*, *A miniatura perfeita*, *Minúsculo e incansável*. Eu tinha preparado um estoque de frases de efeito a respeito de mim mesmo, e só precisava de uma oportunidade para torná-las realidade.

O fato é que eu era um ator pornô em potencial, mas continuava virgem. E teria que resolver esse impasse antes de partir, de mala e cuia, para tentar a carreira em São Paulo.

Da minha aparência, não tenho queixas. Há dois ou três anos, algumas garotas do colégio espalharam que eu seria igual ao Brad Pitt, se o ator americano fosse atropelado e pegasse varíola. Na época eu havia desenvolvido uma acne violenta, que curei com uma fórmula caseira e malcheirosa da minha mãe, tão eficaz que sumiu até com as cicatrizes. O corpo eu trabalhei com pesos e exercícios puxados, porque um ator pornô pode até ter o pênis pequeno, segundo me parece, mas jamais poderia se apresentar com a barriga grande e flácida ou pernas de marido, que era como o meu pai chamava os próprios cambitos sem músculos. Ao fim do meu programa dermatológico e físico, eu não estava parecido com o Brad Pitt, e nem precisava. As garotas se jogavam para mim nas aulas, nas festas e nas lanchonetes e, se não perdi a virgindade com nenhuma delas, foi apenas por medo de que alguma fofoca sobre o tamanho do meu membro se espalhasse pelo colégio.

O assunto teria que ser resolvido longe da vizinhança onde eu morava. Por isso, naquela noite, tomei o banho mais demorado dos meus dezenove anos, coloquei uma camiseta sem estampa que me deixava mais adulto e, depois de dizer que ia conversar na casa de um amigo, fui de ônibus até o centro da cidade, região cheia de bordéis e boates. Levava no bolso, amassadas, as notas que vinha surrupiando há mais de uma semana da carteira da minha mãe.

Eu precisava pagar pouco e escolhi a boate que me pareceu frequentada pelo público mais humilde, trabalhadores nanicos e pardos da construção civil e velhotes com os botões das camisas tortos. Assim que entrei, várias mulheres feias e gordas tentaram atrair minha atenção. Por um momento, os outros clientes da casa ficaram apenas com suas cervejas mornas a lhes fazer companhia.

Acabei me decidindo por uma mulher mais velha, ou mais maltratada, possivelmente com filhos, o que deveria tê-la tornado compreensiva e tolerante, segundo o catecismo ensinava sobre a maternidade. A caminho do quarto, a mulher, que disse se chamar Vanessa, perguntou se era a minha primeira vez e iniciou uma procura um tanto estabanada por dentro das minhas calças.

Relaxe, querido. Eu quero ver como você fica.

Eu já estava excitado, mas Vanessa não notava. E talvez nem tenha percebido o momento exato em que, poucos minutos depois, a minha vida sexual foi oficialmente inaugurada.

Candidatas a babás apresentam referências de antigas patroas, candidatos a motoristas apresentam a carteira de habilitação, candidatos a publicitários apresentam uma pasta de trabalhos. O que eu deveria apresentar para conseguir um papel em um filme pornô?

Passei dias inteiros na internet em busca de sites de produtoras e também de revistas e casas de espetáculos pornográficos. Fazer shows de sexo ao vivo não era exatamente o meu objetivo, mas poderia me abrir as portas para o cinema. Não sei como eu me comportaria diante da plateia com uma única experiência sexual no currículo, mas era algo que me assustava bem menos do que uma prova sobre o ácido desoxirribonucleico.

Escrevi para vários sites, me coloquei à disposição para entrevistas, me propus a viajar para São

Paulo ou onde mais fosse preciso, mas as respostas não chegavam. Para conseguir o isolamento de que eu necessitava, disse à minha mãe que estava estudando para um concurso dos Correios, o que manteve a porta do meu quarto fechada e a família afastada por vários dias.

Às vezes eu encontrava antigos colegas do colégio, a maioria já na faculdade. Aos que queriam saber de mim, eu dizia que estava por fechar um grande contrato. Era engraçado ver o descrédito na cara deles. Um casal que estudou comigo em uma das oitavas séries que fiz, e que então já namorava, havia noivado – e mais: agora os dois cursavam biologia juntos na faculdade. Impressionante a capacidade de alguns de jogar a vida fora.

Cansado de passar os dias no computador esperando o e-mail de algum diretor de cinema, decidi usar o método padrão dos candidatos a emprego e apresentar minhas credenciais. Para isso, fiz uma série de fotos de mim mesmo, nu, sempre em estado de ereção, comprovando o que havia ouvido uma vez: incrível como uma máquina fotográfica apontada para o pênis tem efeito afrodisíaco.

Bati cerca de vinte fotos, mas o resultado não ficou bom. Em todas elas, o contraste entre o meu corpo forte e definido com o membro pequeno demais beirava mais o artístico que o pornográfico, com certeza por culpa de Michelangelo e o Davi de pinto infantil. Por mais que eu fizesse cara de tarado, ou simulasse um orgasmo, ou acariciasse o meu pênis com suposta lascívia, o que chamava a atenção era o desamparo daquele nada em meio aos músculos bem desenvolvidos. Algumas fotos, inclusive, chegavam a ser comoventes. Mas a minha ideia não era a arte, de formas que investi na curiosidade da coisa para tornar minha imagem mais atraente para os produtores do entretenimento adulto.

Procurei pela casa objetos que tivessem o tamanho parecido com o do meu pênis e posei para as fotos segurando-os ao lado do membro: um lápis já muito apontado, uma colher de cafezinho, um minicraque da Coca-Cola, um sabonete, o celular da minha mãe. Agora sim, as fotos ganhavam um quê de luxúria indispensável aos meus planos de astro pornô. Anexei os arquivos e reenviei os e-mails aos mesmos destinatários, acrescentando ao assunto "Ator pornô revelação" o aviso, em letras gritantes: AGORA COM FOTOS. Por ingenuidade, e talvez alguma vaidade, postei no Orkut uma das imagens, uma da série bisnaguinha Seven Boys em que o pão encobria completamente o meu pênis. A legenda: "Pequeno, mas Obsceno".

Na noite seguinte, minha página contabilizava mais de mil acessos, quatro deles na minha casa.

Minha irmã menor pediu para trocar de colégio. Meu irmão mais velho parou de falar comigo. Meu pai brigou com a minha mãe e disse que a responsabilidade de perceber que havia algo de errado comigo era dela. Não que houvesse algo de realmente errado, eu apenas não tinha o pênis do tamanho médio do homem brasileiro, 8,5 a 9,4 centímetros quando flácido, 12,9 a 14,1 centímetros quando ereto. Era como ser baixinho, ou gordo, ou cabeçudo, ou alto demais ou qualquer outro caso que saísse do padrão.

Fui obrigado a tirar a foto da bisnaguinha Seven Boys do meu perfil, mas então ela já havia sido copiada por muita gente. Até que eu caísse no esquecimento, meu pai achou melhor me despachar para o interior do Rio de Janeiro, onde morava o meu padrinho.

Rio de Janeiro é perto de São Paulo, e é também a sede de redes de TV, a cidade que concentra o maior número de teatros do país e onde existe um show em cartaz a cada esquina. A punição que eu sofria me levava para o lugar onde a vida artística era mais intensa, o que devia incluir uma indústria pornô própria em funcionamento. Para não despertar nenhuma desconfiança sobre a minha satisfação com o castigo, passei dias sem falar com ninguém, gritando que não queria sair da capital para um fim de mundo chamado Resende. Trancado no quarto, tratava de mandar e-mails com as minhas fotos para sites de pornografia e produtoras de vídeos. Recebi algumas respostas grosseiras do tipo "Tente o circo", e outras com promessas de contato tão logo houvesse uma oportunidade. Até que o meu Outlook acusou a entrada da mensagem que poderia mudar o meu destino.

"Caro senhor,

Gostaríamos de contar com seu trabalho no casting da Ribeiro Filmes. Somos uma produtora especializada em películas para adultos e temos, entre nossos títulos, blockbusters como *As sacaninhas do papai* e *A grande furada*, que o senhor deve conhecer. Avaliando o seu portfolio, imediatamente pensamos em uma produção chamada *Davi & Golias*, em que o senhor contracenará com algum dos grandes atores da nossa equipe e que, com certeza, apresenta potencial para se transformar em uma série de sucesso.

Abaixo, enviamos o roteiro do seu primeiro filme.

Se for do seu interesse, solicitamos seu comparecimento urgente ao nosso escritório, munido de documentos e exames médicos com resultados negativos de HIV e outras DST, se possível já com o peito e a bolsa escrotal depilados, para a assinatura do contrato. Favor agendar sua visita com a senhorita Soraya no fone que segue.

Atenciosamente,
Dudu Ribeiro
Presidente da Ribeiro Filmes"

A sede da Ribeiro Filmes ficava em Cachoeirinha, cidade da Grande Porto Alegre, onde eu sequer imaginava haver um polo de cinema. Liguei para a senhorita Soraya marcando minha visita para as três da tarde do dia seguinte, já que a produtora não dava expediente pela manhã. No Google, descobri os ônibus necessários para chegar sem atraso ao endereço. Em breve eu compraria o meu carro, e esse seria mais um episódio folclórico a ser contado para fãs e jornalistas.

Imprimi o roteiro para estudar a minha parte no filme. Eu não tinha muitas falas, mas participava de todas as cenas. Mesmo sendo o meu primeiro trabalho, e apesar de ter consumado uma única experiência sexual, eu estava confiante. Só o que me perturbava era a depilação da bolsa escrotal, que me parecia de difícil execução. No peito, eu não tinha pelo algum. De qualquer forma, deixei para resolver o assunto no banho, depois de decorar o roteiro.

É como na medicina, na engenharia, no jornalismo, na advocacia. Não se ganha dinheiro logo de saída na carreira artística.

O dono da Ribeiro Filmes me ofereceu mil reais por seis horas de trabalho. Não que seja ruim, a maior parte das pessoas não recebe isso por um mês inteiro de trabalho, mas eu pensava em ganhar um cachê suficiente para dar entrada em um carro, usado que fosse.

Cheguei na produtora um pouco antes da hora marcada. Às quatro, contrato assinado e testes fotográficos feitos, eu já estava diante da câmera, com duas atrizes que nunca tinha visto nos inúmeros vídeos pornôs que assisti. Na cena, minhas parceiras, Manu Marques e La Fofita, desistiam de fazer sexo comigo e se entretinham entre si até a chegada de Golias, que literalmente organizava a suruba e recuperava espaço para os homens.

As outras cenas que filmei foram variações da primeira, com maior ou menor número de participantes. Minha atuação foi elogiada pelo dono da produtora, que também era o diretor. A secretária, dona Soraya, fez algumas cenas comigo e Golias. O esquema todo era bastante caseiro. Aliás, as cenas foram rodadas na casa do dono da produtora.

Golias, de nome artístico Zandor Alvez, pegou o ônibus para o centro junto comigo. Ele estava há três anos no mercado e tinha mais de sessenta vídeos nas locadoras. Zandor era gay, mas nos vídeos fazia sempre o principal papel de comedor de todo o elenco feminino por causa do tamanho do seu pênis. Por qualquer padrão usado, o dos brasileiros ou o dos africanos, o pênis de Zandor era assustador. Não me senti à vontade na cena final do vídeo, quando o diretor fez um close de nossos membros lado a lado, e o meu parecia uma verruga do dele. Mas se eu queria fazer carreira, teria que assumir meu aparente ponto fraco como virtude. *Você nunca viu nada menor, nem mais insaciável.*

Cheguei em casa com o relógio já passando das duas da manhã. A família, como era de se esperar, estava em polvorosa, minha mãe com tendinite de tanto ligar para o meu celular, que de propósito eu havia esquecido no quarto. Quase à beira de um AVC, meu pai insistia em pedir explicações.

Em alguma das sétimas séries que cursei, li um conto do Luis Fernando Verissimo em que o personagem perde a aliança trocando um pneu furado. Prevendo a desconfiança da esposa diante de versão tão inocente, prefere dizer que perdeu a aliança no motel, encerrando qualquer possibilidade de discussão doméstica. Foi nesse conto que me inspirei para falar que estava trabalhando no meu primeiro filme pornô. Um tapa que fez o meu rosto entortar para a esquerda mostrou que nem sempre a vida é tão bem-sucedida quanto a arte.

Tudo isso aconteceu há quase quatro anos. De lá para cá, perdi a conta dos vídeos que fiz, e posso dizer que fiquei relativamente famoso entre os apreciadores do gênero. Sei de um filme meu, *Gulliver e os gigantes*, que entrou na lista dos Dez Mais do mês de uma locadora na zona norte da cidade.

Saí de casa um dia depois do meu primeiro trabalho e do meu primeiro tapa na cara. Fui morar na produtora, que também alugava quartos para os artistas. Em um ano e meio, consegui sair de lá para um apartamento de um dormitório no centro. Depois de algum tempo, minha família me procurou. Hoje nos vemos nas festas e aniversários, sempre com a condição de eu nunca comentar nada sobre a minha carreira.

Ainda não comprei o meu carro, nem sou reconhecido nas lojas e restaurantes. Ajudaria se eu entrasse para um reality show ou posasse nu, e o meu empresário (agora eu tenho um) está tentando agendar isso. Ele acha que uma capa comigo seria decisiva para eu estourar de vez. Nesse ramo, pode ter muito ator parecido comigo, mas com o pênis menor, nenhum.

Sou mais feliz do que todo mundo. Em lugar de passar a vida de terno em um escritório, trabalho sem roupas e deitado em uma cama, ou de pé no chuveiro, ou dentro de uma banheira, ou na churrasqueira, na sacada, no jardim. Todos os dias vejo as minhas colegas sem roupa, coisa que a maioria dos homens até imagina, mas dificilmente consegue realizar. Não que eu não faça alguns sacrifícios. Durmo cedo, me alimento bem, bebo pouco, não namoro muito, jamais mato a ginástica.

Nem todo mundo leva a coisa tão a sério, mas, no meu caso, é mais do que vocação: é fisiológico.

No fim das contas, tudo acaba em biologia.

QUARENTA E NOVE

Você foi o primeiro ser vivo para quem mostrei este texto.

Nunca pensei que eu confiaria tanto em uma barata.

CINQUENTA

Agora chega, quero todo mundo de pé nessa casa. Eu trabalho daqui a pouco, sempre me chamam quando a foto é no domingo porque eu não preciso dar explicações para o meu marido inexistente, nem mobilizar meio mundo para cuidar dos filhos que eu não tenho.

E aquele bosta de ontem? Não me ligou. E se um dia ligar, aposto que vai se dizer ofendido com o cano que eu dei.

Eu não dei um cano. Foram as circunstâncias, e ele podia ter se mexido sem que eu precisasse chamar. É machista da minha parte admitir isso, mas era o que eu queria. Isso me lembra uma velha charada que toda mulher razoavelmente bem-humorada, ainda que amargurada, já ouviu alguma vez na vida:

Como se chama aquele pedaço insensível que fica na base do pênis? Homem.

Brincadeira, barata. Eu não tenho motivos para reclamar dos homens. Apenas, no momento, eu não conto com um, e o meu caráter me leva a pensar que alguma responsabilidade nisso eu tenho, mesmo considerando-se a concorrência desleal de seis a sete fêmeas por macho no Brasil. Seja franca, barata: é impossível que não existam seis ou sete mulheres piores que eu no país. O problema, portanto, não é com a estatística. É comigo.

E na sociedade das baratas, você conhece a proporção entre os sexos? Barata tem sexo, falando nisso? Claro que sim, não tinha barata no meio quando estudei as espécies hermafroditas. Imagine se eu me precipitei e você é um macho? E eu contando as minhas intimidades para você? Não, você não teria toda essa paciência de ficar aí, me ouvindo, se fosse homem. O seu comportamento é tipicamente feminino.

Você é mulher.

Casada já deu para ver que você não é. Separada? Nem vou perguntar se você é viúva porque existe uma grande probabilidade de essa ser a sua situação civil. Não são muitos os humanos que, como eu, preferem o diálogo a acabar com a raça de vocês. É a lei da vida, barata, o maior come o menor. A exceção é a minha amiga Teresa, de quase um metro e noventa, que uma vez transou com um anão. Mas isso não vem ao caso agora.

Lembrei de outra frase engraçada sobre o sexo masculino. Pode espalhar entre as suas amigas, se quiser:

Por que os homens sempre dão nome ao seu pau? Porque não gostam que um estranho tome noventa por cento das decisões por eles.

O papo está ótimo, mas vou abrir as cortinas. Você, que é da noite, não se assuste. O sol da manhã revigora. Vá por mim.

CINQUENTA E UM

Eu preciso entrar no closet agora, e você vai colaborar comigo. Por favor, não venha correndo na minha direção, como as suas companheiras de espécie têm a desfaçatez de fazer. Sempre me impressionou como, ao contrário da absoluta maioria dos insetos, que foge diante da presença dos humanos, as baratas desafiam a nossa autoridade e partem para cima da gente. Não sei se você faz isso, aposto que sim, mas é muita cara de pau de vocês. Não basta invadirem o nosso lar, ainda querem um enfrentamento? Me lembra aquela cena do Doutor Jivago em que a casa é ocupada pelos proletários. E também me remete aos métodos do MST.

Vou abrir a porta. Se você ainda estiver em cima do meu vestido preto, continue aí. Eu só quero pegar algumas roupas, não posso sair para trabalhar de toalha. Engraçado como, agora que a gente se conhece melhor, eu fico mais tranquila em relação a você. Não que eu tenha perdido completamente o medo, mas não estou mais desesperada por causa da sua presença. Basta você não avançar em mim.

Melhor abrir só uma frestinha, só para enfiar o meu braço e acender a luz. Você não está em cima do interruptor, está? Eu seria capaz de enlouquecer apenas com a hipótese de tocar em você. Se tocasse mesmo, acho que eu me mataria. Meu próximo closet vai ter muitas janelas, janelões sem cortinas para eu enxergar direitinho dentro dele. Com você eu estou acostumada, mas sabe-se lá que outro tipo de bicho pode entrar aqui.

Entrei. Estou achando você muito quieta. Eu já avisei, não venha na minha direção. Agora eu vou pegar uma calça bem confortável, assim, com cuidado, e vou sacudir bem, assim, para não ter o perigo de sair com você no bolso. Se a nossa teoria das mulheres e das baratas prosperar, eu até compro uma gaiolinha dessas que as ricas usam para transportar cachorro no avião, daí posso levar você aos programas de entrevista e sessões de autógrafos. O contato físico, pele com casca, é que não me agrada.

Peguei uma camiseta. E o tênis. Deixa eu sacudir bem para me certificar de que não vou pisar em você.

Você respeitou mesmo o nosso acordo. Parabéns. Agora eu vou... você ouviu? Meu telefone tocando. A essa hora, só existe uma hipótese.

O sujeito de ontem.

Não saia daí, barata. Você vai ouvir agora o maior fora que um homem jamais levou.

CINQUENTA E DOIS

Você não vai acreditar. É a minha faxineira.

CINQUENTA E TRÊS

É óbvio que eu resolvi a situação, Suzana. (...) Impressão sua, eu não estava fora de mim. Olha, não vou precisar de você na quinta. E nem na outra semana. (...) Esqueceu de me dizer o quê? (...) Você encheu o closet com as iscas de matar barata que eu comprei?

É o veneno mais moderno? Dura verão e inverno? Você botou até no bolso do meu terno? A essa hora, a barata já está no inferno?

CINQUENTA E QUATRO

Se eu, que sou eu, já passei por cada coisa na vida e não morri, um simples veneno de barata não pode ter acabado com você, barata.

Quer um exemplo? Teve a vez em que não foi alarme falso e eu engravidei do Souza, um cara com quem eu saía sem muito compromisso. O Souza não acreditou que fosse dele. Imagine a minha humilhação, sem falar que precisei resolver tudo sozinha. Mas você acha que eu me entreguei?

E quando o diretor da revista me chamou, há menos de um mês, para dizer que estava insatisfeito com o meu trabalho, que as produtoras jovens eram muito melhores que eu, que eu parecia acomodada e que talvez fosse a hora de procurar outro trabalho? Cheguei a me sentir mal, no meio da noite fui para o pronto-socorro achando que ia ter um ataque cardíaco, e nada. Continuo nesse plano astral e na revista também.

Barata, eu já passei por muita coisa capaz de me esmagar e saí viva. Vai me dizer que você vai cair diante de um veneno à toa? E tem mais, quando eu comprei essas iscas, a gente ainda não se conhecia direito. E eu nem sequer comprei pensando em você, minha intenção era só a de exterminar a sua espécie em geral.

Tem um bicho marrom ali no canto, mas é pequeno demais para ser você. Esse meu closet está virando um zoológico. Não, não é você. Na lembrança que me ficou de ontem, você era enorme. Não pode ser essa coisa encolhida, nojenta, com as patas para cima e umas antenas que ainda se mexem. Não enxergo direito, desde ontem que não tiro as minhas lentes de contato e agora vejo tudo embaçado. Há quem diga *embaciado*, não sei se você já ouviu. *Estou vendo tudo embaciado*. Pense na quantidade de bacias por todos os lados.

Não pode ser você.

CINQUENTA E CINCO

É você.

CINQUENTA E SEIS

Não sei onde eu li que a barata já existia na época dos dinossauros, e que a tempestade de meteoritos que supostamente acabou com a raça do *Tiranossauro rex* e seus companheiros não fez nem cócegas nela.

Acho que foi meu pai quem me contou que, na Idade Média, as baratas ocupavam as cidades em tamanha quantidade que as pessoas já não se importavam de caminhar pisando nelas. Tempos românticos, aqueles: homens e mulheres de cabelos sujos, dentes podres, cheiro ruim e ainda fazendo crec-crec a cada passo.

Que durante as grandes navegações as baratas chegavam a infestar navios inteiros, eu li na Barsa. A mesma Barsa que, com o passar dos anos, foi sendo roída pelas baratas em plena estante da nossa sala.

Primeira e Segunda Guerras Mundiais, Vietnã, Guerra do Golfo, revoluções, golpes de Estado, guerras civis, catástrofes em geral. Por mais sangrenta que seja a situação, a barata sempre sai ilesa. Os estudiosos do assunto, e eis aí um assunto que eu me recusaria a estudar, descobriram que a barata pode ficar até quinze dias sem comer, ou se alimentando com materiais sem valor nutritivo como jornais velhos, tecidos e sabão.

Se for preciso, ela ainda come as próprias fezes e os cadáveres das amigas.

Por essa capacidade de adaptação, convencionou-se dizer que a barata seria a única espécie a sobreviver no caso de uma explosão nuclear. E como essa é uma das hipóteses sempre levantadas para o fim da humanidade, isso significa que a barata talvez seja, um dia, a única forma de vida sobre a Terra, ainda que um pouco modificada pelos efeitos da radiação, com olhos dourados, alguns dentes, vinte patas, sabe-se lá.

Por tudo isso, barata, é uma decepção para mim que um bicho feito para sobreviver nas piores condições seja vencido por um veneno qualquer, e bem no meio da nossa conversa.

Acho até uma deselegância da sua parte.

Depois de tudo o que eu contei para você, e olhe que abri até assuntos que eu nunca confiei a ninguém, a sua morte me leva a uma conclusão.

A minha casca é mais grossa que a sua. A minha é, a da minha mãe era, e a de quase todas as mulheres que eu conheço, também. Eu não me espantaria se, depois do estouro da bomba, mulheres viessem em hordas de todas as partes para ajeitar a bagunça. E as mais fortes ainda varressem as baratas mortas para o meio da rua.

Talvez as baratas sobrevivam a tudo. Mas as mulheres sobreviverão às baratas.

CINQUENTA E SETE

Vou ter que rever toda a nossa teoria. E também arrumar um jeito de tirar você daí.

Sinceramente, barata, esse não foi o fim que eu imaginei para a gente.

CINQUENTA E OITO

Alô, Suzana? Pode vir na quinta. Apareceu trabalho para você. E não esquece de trazer o livro da Clarice.

A história da barata surgiu de uma conversa com a *script doctor* Chris Riera e a atriz Maria Luíza Mendonça. Às duas, muito obrigada pela ideia inicial.

Muito obrigada também à fotógrafa Dulce Helfer, de quem tomei o nome e a explicação do nome: "*es como dulce de leche*". E à Cíntia Moscovich e à Lucia Riff, pelas sugestões e pela paciência sempre.

***

Créditos: o trecho de Kafka pertence, claro, ao livro *A metamorfose* seguido de *O veredicto*, edição **L&PM** POCKET, tradução de Marcelo Backes.

E para o Theo, todo o meu amor.

Coleção L&PM POCKET (LANÇAMENTOS MAIS RECENTES)

336.**Guia prático do Português correto – vol. 1** – Cláudio Moreno
337.**Bartleby, o escriturário** – H. Melville
338.**Enterrem meu coração na curva do rio** – Dee Brown
339.**Um conto de Natal** – Charles Dickens
340.**Cozinha sem segredos** – J. A. P. Machado
341.**A dama das Camélias** – A. Dumas Filho
342.**Alimentação saudável** – H. e Â. Tonetto
343.**Continhos galantes** – Dalton Trevisan
344.**A Divina Comédia** – Dante Alighieri
345.**A Dupla Sertanojo** – Santiago
346.**Cavalos do amanhecer** – Mario Arregui
347.**Biografia de Vincent van Gogh por sua cunhada** – Jo van Gogh-Bonger
348.**Radicci 3** – Iotti
349.**Nada de novo no front** – E. M. Remarque
350.**A hora dos assassinos** – Henry Miller
351.**Flush – Memórias de um cão** – Virginia Woolf
352.**A guerra no Bom Fim** – M. Scliar
353(1).**O caso Saint-Fiacre** – Simenon
354(2).**Morte na alta sociedade** – Simenon
355(3).**O cão amarelo** – Simenon
356(4).**Maigret e o homem do banco** – Simenon
357.**As uvas e o vento** – Pablo Neruda
358.**On the road** – Jack Kerouac
359.**O coração amarelo** – Pablo Neruda
360.**Livro das perguntas** – Pablo Neruda
361.**Noite de Reis** – William Shakespeare
362.**Manual de ecologia (vol.1)** – J. Lutzenberger
363.**O mais longo dos dias** – Cornelius Ryan
364.**Foi bom prá você?** – Nani
365.**Crepusculário** – Pablo Neruda
366.**A comédia dos erros** – Shakespeare
367(5).**A primeira investigação de Maigret** – Simenon
368(6).**As férias de Maigret** – Simenon
369.**Mate-me por favor (vol.1)** – L. McNeil
370.**Mate-me por favor (vol.2)** – L. McNeil
371.**Carta ao pai** – Kafka
372.**Os vagabundos iluminados** – J. Kerouac
373(7).**O enforcado** – Simenon
374(8).**A fúria de Maigret** – Simenon
375.**Vargas, uma biografia política** – H. Silva
376.**Poesia reunida (vol.1)** – A. R. de Sant'Anna
377.**Poesia reunida (vol.2)** – A. R. de Sant'Anna
378.**Alice no país do espelho** – Lewis Carroll
379.**Residência na Terra 1** – Pablo Neruda
380.**Residência na Terra 2** – Pablo Neruda
381.**Terceira Residência** – Pablo Neruda
382.**O delírio amoroso** – Bocage
383.**Futebol ao sol e à sombra** – E. Galeano
384(9).**O porto das brumas** – Simenon
385(10).**Maigret e seu morto** – Simenon
386.**Radicci 4** – Iotti
387.**Boas maneiras & sucesso nos negócios** – Celia Ribeiro
388.**Uma história Farroupilha** – M. Scliar
389.**Na mesa ninguém envelhece** – J. A. Pinheiro Machado
390.**200 receitas inéditas do Anonymus Gourmet** – J. A. Pinheiro Machado
391.**Guia prático do Português correto – vol.2** – Cláudio Moreno
392.**Breviário das terras do Brasil** – Assis Brasil
393.**Cantos Cerimoniais** – Pablo Neruda
394.**Jardim de Inverno** – Pablo Neruda
395.**Antonio e Cleópatra** – William Shakespeare
396.**Tróia** – Cláudio Moreno
397.**Meu tio matou um cara** – Jorge Furtado
398.**O anatomista** – Federico Andahazi
399.**As viagens de Gulliver** – Jonathan Swift
400.**Dom Quixote** – (v. 1) – Miguel de Cervantes
401.**Dom Quixote** – (v. 2) – Miguel de Cervantes
402.**Sozinho no Pólo Norte** – Thomaz Brandolin
403.**Matadouro 5** – Kurt Vonnegut
404.**Delta de Vênus** – Anaïs Nin
405.**O melhor de Hagar 2** – Dik Browne
406.**É grave Doutor?** – Nani
407.**Orai pornô** – Nani
408(11).**Maigret em Nova York** – Simenon
409(12).**O assassino sem rosto** – Simenon
410(13).**O mistério das jóias roubadas** – Simenon
411.**A irmãzinha** – Raymond Chandler
412.**Três contos** – Gustave Flaubert
413.**De ratos e homens** – John Steinbeck
414.**Lazarilho de Tormes** – Anônimo do séc. XVI
415.**Triângulo das águas** – Caio Fernando Abreu
416.**100 receitas de carnes** – Sílvio Lancellotti
417.**Histórias de robôs:** vol. 1 – org. Isaac Asimov
418.**Histórias de robôs:** vol. 2 – org. Isaac Asimov
419.**Histórias de robôs:** vol. 3 – org. Isaac Asimov
420.**O país dos centauros** – Tabajara Ruas
421.**A república de Anita** – Tabajara Ruas
422.**A carga dos lanceiros** – Tabajara Ruas
423.**Um amigo de Kafka** – Isaac Singer
424.**As alegres matronas de Windsor** – Shakespeare
425.**Amor e exílio** – Isaac Bashevis Singer
426.**Use & abuse do seu signo** – Marília Fiorillo e Marylou Simonsen
427.**Pigmaleão** – Bernard Shaw
428.**As fenícias** – Eurípides
429.**Everest** – Thomaz Brandolin
430.**A arte de furtar** – Anônimo do séc. XVI
431.**Billy Bud** – Herman Melville
432.**A rosa separada** – Pablo Neruda
433.**Elegia** – Pablo Neruda
434.**A garota de Cassidy** – David Goodis
435.**Como fazer a guerra: máximas de Napoleão** – Balzac
436.**Poemas escolhidos** – Emily Dickinson
437.**Gracias por el fuego** – Mario Benedetti
438.**O sofá** – Crébillon Fils
439.**O "Martín Fierro"** – Jorge Luis Borges
440.**Trabalhos de amor perdidos** – W. Shakespeare
441.**O melhor de Hagar 3** – Dik Browne
442.**Os Maias (volume1)** – Eça de Queiroz
443.**Os Maias (volume2)** – Eça de Queiroz
444.**Anti-Justine** – Restif de La Bretonne
445.**Juventude** – Joseph Conrad
446.**Contos** – Eça de Queiroz
447.**Janela para a morte** – Raymond Chandler
448.**Um amor de Swann** – Marcel Proust

449.**À paz perpétua** – Immanuel Kant
450.**A conquista do México** – Hernan Cortez
451.**Defeitos escolhidos e 2000** – Pablo Neruda
452.**O casamento do céu e do inferno** – William Blake
453.**A primeira viagem ao redor do mundo** – Antonio Pigafetta
454(14).**Uma sombra na janela** – Simenon
455(15).**A noite da encruzilhada** – Simenon
456(16).**A velha senhora** – Simenon
457.**Sartre** – Annie Cohen-Solal
458.**Discurso do método** – René Descartes
459.**Garfield em grande forma (1)** – Jim Davis
460.**Garfield está de dieta** (2) – Jim Davis
461.**O livro das feras** – Patricia Highsmith
462.**Viajante solitário** – Jack Kerouac
463.**Auto da barca do inferno** – Gil Vicente
464.**O livro vermelho dos pensamentos de Millôr** – Millôr Fernandes
465.**O livro dos abraços** – Eduardo Galeano
466.**Voltaremos!** – José Antonio Pinheiro Machado
467.**Rango** – Edgar Vasques
468(8).**Dieta mediterrânea** – Dr. Fernando Lucchese e José Antonio Pinheiro Machado
469.**Radicci 5** – Iotti
470.**Pequenos pássaros** – Anaïs Nin
471.**Guia prático do Português correto – vol.3** – Cláudio Moreno
472.**Atire no pianista** – David Goodis
473.**Antologia Poética** – García Lorca
474.**Alexandre e César** – Plutarco
475.**Uma espiã na casa do amor** – Anaïs Nin
476.**A gorda do Tiki Bar** – Dalton Trevisan
477.**Garfield um gato de peso (3)** – Jim Davis
478.**Canibais** – David Coimbra
479.**A arte de escrever** – Arthur Schopenhauer
480.**Pinóquio** – Carlo Collodi
481.**Misto-quente** – Bukowski
482.**A lua na sarjeta** – David Goodis
483.**O melhor do Recruta Zero (1)** – Mort Walker
484.**Aline: TPM – tensão pré-monstrual (2)** – Adão Iturrusgarai
485.**Sermões do Padre Antonio Vieira**
486.**Garfield numa boa (4)** – Jim Davis
487.**Mensagem** – Fernando Pessoa
488.**Vendeta** *seguido de* **A paz conjugal** – Balzac
489.**Poemas de Alberto Caeiro** – Fernando Pessoa
490.**Ferragus** – Honoré de Balzac
491.**A duquesa de Langeais** – Honoré de Balzac
492.**A menina dos olhos de ouro** – Honoré de Balzac
493.**O lírio do vale** – Honoré de Balzac
494(17).**A barcaça da morte** – Simenon
495(18).**As testemunhas rebeldes** – Simenon
496(19).**Um engano de Maigret** – Simenon
497(1).**A noite das bruxas** – Agatha Christie
498(2).**Um passe de mágica** – Agatha Christie
499(3).**Nêmesis** – Agatha Christie
500.**Esboço para uma teoria das emoções** – Sartre
501.**Renda básica de cidadania** – Eduardo Suplicy
502(1).**Pílulas para viver melhor** – Dr. Lucchese
503(2).**Pílulas para prolongar a juventude** – Dr. Lucchese
504(3).**Desembarcando o diabetes** – Dr. Lucchese
505(4).**Desembarcando o sedentarismo** – Dr. Fernando Lucchese e Cláudio Castro
506(5).**Desembarcando a hipertensão** – Dr. Lucchese
507(6).**Desembarcando o colesterol** – Dr. Fernando Lucchese e Fernanda Lucchese
508.**Estudos de mulher** – Balzac
509.**O terceiro tira** – Flann O'Brien
510.**100 receitas de aves e ovos** – J. A. P. Machado
511.**Garfield em toneladas de diversão** (5) – Jim Davis
512.**Trem-bala** – Martha Medeiros
513.**Os cães ladram** – Truman Capote
514.**O Kama Sutra de Vatsyayana**
515.**O crime do Padre Amaro** – Eça de Queiroz
516.**Odes de Ricardo Reis** – Fernando Pessoa
517.**O inverno da nossa desesperança** – Steinbeck
518.**Piratas do Tietê (1)** – Laerte
519.**Rê Bordosa: do começo ao fim** – Angeli
520.**O Harlem é escuro** – Chester Himes
521.**Café-da-manhã dos campeões** – Kurt Vonnegut
522.**Eugénie Grandet** – Balzac
523.**O último magnata** – F. Scott Fitzgerald
524.**Carol** – Patricia Highsmith
525.**100 receitas de patisseria** – Sílvio Lancellotti
526.**O fator humano** – Graham Greene
527.**Tristessa** – Jack Kerouac
528.**O diamante do tamanho do Ritz** – Scott Fitzgerald
529.**As melhores histórias de Sherlock Holmes** – Arthur Conan Doyle
530.**Cartas a um jovem poeta** – Rilke
531(20).**Memórias de Maigret** – Simenon
532(4).**O misterioso sr. Quin** – Agatha Christie
533.**Os analectos** – Confúcio
534(21).**Maigret e os homens de bem** – Simenon
535(22).**O medo de Maigret** – Simenon
536.**Ascensão e queda de César Birotteau** – Balzac
537.**Sexta-feira negra** – David Goodis
538.**Ora bolas – O humor de Mario Quintana** – Juarez Fonseca
539.**Longe daqui aqui mesmo** – Antonio Bivar
540(5).**É fácil matar** – Agatha Christie
541.**O pai Goriot** – Balzac
542.**Brasil, um país do futuro** – Stefan Zweig
543.**O processo** – Kafka
544.**O melhor de Hagar 4** – Dik Browne
545(6).**Por que não pediram a Evans?** – Agatha Christie
546.**Fanny Hill** – John Cleland
547.**O gato por dentro** – William S. Burroughs
548.**Sobre a brevidade da vida** – Sêneca
549.**Geraldão (1)** – Glauco
550.**Piratas do Tietê (2)** – Laerte
551.**Pagando o pato** – Ciça
552.**Garfield de bom humor (6)** – Jim Davis
553.**Conhece o Mário?** vol.1 – Santiago
554.**Radicci 6** – Iotti
555.**Os subterrâneos** – Jack Kerouac
556(1).**Balzac** – François Taillandier
557(2).**Modigliani** – Christian Parisot
558(3).**Kafka** – Gérard-Georges Lemaire
559(4).**Júlio César** – Joël Schmidt
560.**Receitas da família** – J. A. Pinheiro Machado
561.**Boas maneiras à mesa** – Celia Ribeiro
562(9).**Filhos sadios, pais felizes** – R. Pagnoncelli

563(10).**Fatos & mitos** – Dr. Fernando Lucchese
564.**Ménage à trois** – Paula Taitelbaum
565.**Mulheres!** – David Coimbra
566.**Poemas de Álvaro de Campos** – Fernando Pessoa
567.**Medo e outras histórias** – Stefan Zweig
568.**Snoopy e sua turma (1)** – Schulz
569.**Piadas para sempre (1)** – Visconde da Casa Verde
570.**O alvo móvel** – Ross Macdonald
571.**O melhor do Recruta Zero (2)** – Mort Walker
572.**Um sonho americano** – Norman Mailer
573.**Os broncos também amam** – Angeli
574.**Crônica de um amor louco** – Bukowski
575(5).**Freud** – René Major e Chantal Talagrand
576(6).**Picasso** – Gilles Plazy
577(7).**Gandhi** – Christine Jordis
578.**A tumba** – H. P. Lovecraft
579.**O príncipe e o mendigo** – Mark Twain
580.**Garfield, um charme de gato (7)** – Jim Davis
581.**Ilusões perdidas** – Balzac
582.**Esplendores e misérias das cortesãs** – Balzac
583.**Walter Ego** – Angeli
584.**Striptiras (1)** – Laerte
585.**Fagundes: um puxa-saco de mão cheia** – Laerte
586.**Depois do último trem** – Josué Guimarães
587.**Ricardo III** – Shakespeare
588.**Dona Anja** – Josué Guimarães
589.**24 horas na vida de uma mulher** – Stefan Zweig
590.**O terceiro homem** – Graham Greene
591.**Mulher no escuro** – Dashiell Hammett
592.**No que acredito** – Bertrand Russell
593.**Odisséia (1): Telemaquia** – Homero
594.**O cavalo cego** – Josué Guimarães
595.**Henrique V** – Shakespeare
596.**Fabulário geral do delírio cotidiano** – Bukowski
597.**Tiros na noite 1: A mulher do bandido** – Dashiell Hammett
598.**Snoopy em Feliz Dia dos Namorados! (2)** – Schulz
599.**Mas não se matam cavalos?** – Horace McCoy
600.**Crime e castigo** – Dostoiévski
601(7).**Mistério no Caribe** – Agatha Christie
602.**Odisséia (2): Regresso** – Homero
603.**Piadas para sempre (2)** – Visconde da Casa Verde
604.**À sombra do vulcão** – Malcolm Lowry
605(8).**Kerouac** – Yves Buin
606.**E agora são cinzas** – Angeli
607.**As mil e uma noites** – Paulo Caruso
608.**Um assassino entre nós** – Ruth Rendell
609.**Crack-up** – F. Scott Fitzgerald
610.**Do amor** – Stendhal
611.**Cartas do Yage** – William Burroughs e Allen Ginsberg
612.**Striptiras (2)** – Laerte
613.**Henry & June** – Anaïs Nin
614.**A piscina mortal** – Ross Macdonald
615.**Geraldão (2)** – Glauco
616.**Tempo de delicadeza** – A. R. de Sant'Anna
617.**Tiros na noite 2: Medo de tiro** – Dashiell Hammett
618.**Snoopy em Assim é a vida, Charlie Brown! (3)** – Schulz
619.**1954 – Um tiro no coração** – Hélio Silva
620.**Sobre a inspiração poética (Íon)** e ... – Platão
621.**Garfield e seus amigos (8)** – Jim Davis
622.**Odisséia (3): Ítaca** – Homero
623.**A louca matança** – Chester Himes
624.**Factótum** – Bukowski
625.**Guerra e Paz: volume 1** – Tolstói
626.**Guerra e Paz: volume 2** – Tolstói
627.**Guerra e Paz: volume 3** – Tolstói
628.**Guerra e Paz: volume 4** – Tolstói
629(9).**Shakespeare** – Claude Mourthé
630.**Bem está o que bem acaba** – Shakespeare
631.**O contrato social** – Rousseau
632.**Geração Beat** – Jack Kerouac
633.**Snoopy: É Natal! (4)** – Charles Schulz
634(8).**Testemunha da acusação** – Agatha Christie
635.**Um elefante no caos** – Millôr Fernandes
636.**Guia de leitura (100 autores que você precisa ler)** – Organização de Léa Masina
637.**Pistoleiros também mandam flores** – David Coimbra
638.**O prazer das palavras** – vol. 1 – Cláudio Moreno
639.**O prazer das palavras** – vol. 2 – Cláudio Moreno
640.**Novíssimo testamento: com Deus e o diabo, a dupla da criação** – Iotti
641.**Literatura Brasileira: modos de usar** – Luís Augusto Fischer
642.**Dicionário de Porto-Alegrês** – Luís A. Fischer
643.**Clô Dias & Noites** – Sérgio Jockymann
644.**Memorial de Isla Negra** – Pablo Neruda
645.**Um homem extraordinário e outras histórias** – Tchékhov
646.**Ana sem terra** – Alcy Cheuiche
647.**Adultérios** – Woody Allen
648.**Para sempre ou nunca mais** – R. Chandler
649.**Nosso homem em Havana** – Graham Greene
650.**Dicionário Caldas Aulete de Bolso**
651.**Snoopy: Posso fazer uma pergunta, professora? (5)** – Charles Schulz
652(10).**Luís XVI** – Bernard Vincent
653.**O mercador de Veneza** – Shakespeare
654.**Cancioneiro** – Fernando Pessoa
655.**Non-Stop** – Martha Medeiros
656.**Carpinteiros, levantem bem alto a cumeeira & Seymour, uma apresentação** – J.D.Salinger
657.**Ensaios céticos** – Bertrand Russell
658.**O melhor de Hagar 5** – Dik e Chris Browne
659.**Primeiro amor** – Ivan Turguêniev
660.**A trégua** – Mario Benedetti
661.**Um parque de diversões da cabeça** – Lawrence Ferlinghetti
662.**Aprendendo a viver** – Sêneca
663.**Garfield, um gato em apuros (9)** – Jim Davis
664.**Dilbert 1** – Scott Adams
665.**Dicionário de dificuldades** – Domingos Paschoal Cegalla
666.**A imaginação** – Jean-Paul Sartre
667.**O ladrão e os cães** – Naguib Mahfuz
668.**Gramática do português contemporâneo** – Celso Cunha
669.**A volta do parafuso** *seguido de* **Daisy Miller** – Henry James

670.**Notas do subsolo** – Dostoiévski
671.**Abobrinhas da Brasilônia** – Glauco
672.**Geraldão (3)** – Glauco
673.**Piadas para sempre (3)** – Visconde da Casa Verde
674.**Duas viagens ao Brasil** – Hans Staden
675.**Bandeira de bolso** – Manuel Bandeira
676.**A arte da guerra** – Maquiavel
677.**Além do bem e do mal** – Nietzsche
678.**O coronel Chabert** *seguido de* **A mulher abandonada** – Balzac
679.**O sorriso de marfim** – Ross Macdonald
680.**100 receitas de pescados** – Sílvio Lancellotti
681.**O juiz e seu carrasco** – Friedrich Dürrenmatt
682.**Noites brancas** – Dostoiévski
683.**Quadras ao gosto popular** – Fernando Pessoa
684.**Romanceiro da Inconfidência** – Cecília Meireles
685.**Kaos** – Millôr Fernandes
686.**A pele de onagro** – Balzac
687.**As ligações perigosas** – Choderlos de Laclos
688.**Dicionário de matemática** – Luiz Fernandes Cardoso
689.**Os Lusíadas** – Luís Vaz de Camões
690(11).**Átila** – Éric Deschodt
691.**Um jeito tranqüilo de matar** – Chester Himes
692.**A felicidade conjugal** *seguido de* **O diabo** – Tolstói
693.**Viagem de um naturalista ao redor do mundo** – vol. 1 – Charles Darwin
694.**Viagem de um naturalista ao redor do mundo** – vol. 2 – Charles Darwin
695.**Memórias da casa dos mortos** – Dostoiévski
696.**A Celestina** – Fernando de Rojas
697.**Snoopy: Como você é azarado, Charlie Brown! (6)** – Charles Schulz
698.**Dez (quase) amores** – Claudia Tajes
699(9).**Poirot sempre espera** – Agatha Christie
700.**Cecília de bolso** – Cecília Meireles
701.**Apologia de Sócrates** *precedido de* **Êutifron** e *seguido de* **Críton** – Platão
702.**Wood & Stock** – Angeli
703.**Striptiras (3)** – Laerte
704.**Discurso sobre a origem e os fundamentos da desigualdade entre os homens** – Rousseau
705.**Os duelistas** – Joseph Conrad
706.**Dilbert (2)** – Scott Adams
707.**Viver e escrever** (vol. 1) – Edla van Steen
708.**Viver e escrever** (vol. 2) – Edla van Steen
709.**Viver e escrever** (vol. 3) – Edla van Steen
710(10).**A teia da aranha** – Agatha Christie
711.**O banquete** – Platão
712.**Os belos e malditos** – F. Scott Fitzgerald
713.**Libelo contra a arte moderna** – Salvador Dalí
714.**Akropolis** – Valerio Massimo Manfredi
715.**Devoradores de mortos** – Michael Crichton
716.**Sob o sol da Toscana** – Frances Mayes
717.**Batom na cueca** – Nani
718.**Vida dura** – Claudia Tajes
719.**Carne trêmula** – Ruth Rendell
720.**Cris, a fera** – David Coimbra
721.**O anticristo** – Nietzsche
722.**Como um romance** – Daniel Pennac
723.**Emboscada no Forte Bragg** – Tom Wolfe
724.**Assédio sexual** – Michael Crichton
725.**O espírito do Zen** – Alan W. Watts
726.**Um bonde chamado desejo** – Tennessee Williams
727.**Como gostais** *seguido de* **Conto de inverno** – Shakespeare
728.**Tratado sobre a tolerância** – Voltaire
729.**Snoopy: Doces ou travessuras? (7)** – Charles Schulz
730.**Cardápios do Anonymus Gourmet** – J.A. Pinheiro Machado
731.**100 receitas com lata** – J.A. Pinheiro Machado
732.**Conhece o Mário?** vol.2 – Santiago
733.**Dilbert (3)** – Scott Adams
734.**História de um louco amor** *seguido de* **Passado amor** – Horacio Quiroga
735(11).**Sexo: muito prazer** – Laura Meyer da Silva
736(12).**Para entender o adolescente** – Dr. Ronald Pagnoncelli
737(13).**Desembarcando a tristeza** – Dr. Fernando Lucchese
738.**Poirot e o mistério da arca espanhola & outras histórias** – Agatha Christie
739.**A última legião** – Valerio Massimo Manfredi
740.**As virgens suicidas** – Jeffrey Eugenides
741.**Sol nascente** – Michael Crichton
742.**Duzentos ladrões** – Dalton Trevisan
743.**Os devaneios do caminhante solitário** – Rousseau
744.**Garfield, o rei da preguiça (10)** – Jim Davis
745.**Os magnatas** – Charles R. Morris
746.**Pulp** – Charles Bukowski
747.**Enquanto agonizo** – William Faulkner
748.**Aline: viciada em sexo (3)** – Adão Iturrusgarai
749.**A dama do cachorrinho** – Anton Tchékhov
750.**Tito Andrônico** – Shakespeare
751.**Antologia poética** – Anna Akhmátova
752.**O melhor de Hagar 6** – Dik e Chris Browne
753(12).**Michelangelo** – Nadine Sautel
754.**Dilbert (4)** – Scott Adams
755.**O jardim das cerejeiras** *seguido de* **Tio Vânia** – Tchékhov
756.**Geração Beat** – Claudio Willer
757.**Santos Dumont** – Alcy Cheuiche
758.**Budismo** – Claude B. Levenson
759.**Cleópatra** – Christian-Georges Schwentzel
760.**Revolução Francesa** – Frédéric Bluche, Stéphane Rials e Jean Tulard
761.**A crise de 1929** – Bernard Gazier
762.**Sigmund Freud** – Edson Sousa e Paulo Endo
763.**Império Romano** – Patrick Le Roux
764.**Cruzadas** – Cécile Morrisson
765.**O mistério do Trem Azul** – Agatha Christie
766.**Os escrúpulos de Maigret** – Simenon
767.**Maigret se diverte** – Simenon
768.**Senso comum** – Thomas Paine
769.**O parque dos dinossauros** – Michael Crichton
770.**Trilogia da paixão** – Goethe
771.**A simples arte de matar** (vol.1) – R. Chandler
772.**A simples arte de matar** (vol.2) – R. Chandler
773.**Snoopy: No mundo da lua! (8)** – Charles Schulz
774.**Os Quatro Grandes** – Agatha Christie
775.**Um brinde de cianureto** – Agatha Christie
776.**Súplicas atendidas** – Truman Capote
777.**Ainda restam aveleiras** – Simenon

778.**Maigret e o ladrão preguiçoso** – Simenon
779.**A viúva imortal** – Millôr Fernandes
780.**Cabala** – Roland Goetschel
781.**Capitalismo** – Claude Jessua
782.**Mitologia grega** – Pierre Grimal
783.**Economia: 100 palavras-chave** – Jean-Paul Betbèze
784.**Marxismo** – Henri Lefebvre
785.**Punição para a inocência** – Agatha Christie
786.**A extravagância do morto** – Agatha Christie
787(13).**Cézanne** – Bernard Fauconnier
788.**A identidade Bourne** – Robert Ludlum
789.**Da tranquilidade da alma** – Sêneca
790.**Um artista da fome** *seguido de* **Na colônia penal e outras histórias** – Kafka
791.**Histórias de fantasmas** – Charles Dickens
792.**A louca de Maigret** – Simenon
793.**O amigo de infância de Maigret** – Simenon
794.**O revólver de Maigret** – Simenon
795.**A fuga do sr. Monde** – Simenon
796.**O Uraguai** – Basílio da Gama
797.**A mão misteriosa** – Agatha Christie
798.**Testemunha ocular do crime** – Agatha Christie
799.**Crepúsculo dos ídolos** – Friedrich Nietzsche
800.**Maigret e o negociante de vinhos** – Simenon
801.**Maigret e o mendigo** – Simenon
802.**O grande golpe** – Dashiell Hammett
803.**Humor barra pesada** – Nani
804.**Vinho** – Jean-François Gautier
805.**Egito Antigo** – Sophie Desplancques
806(14).**Baudelaire** – Jean-Baptiste Baronian
807.**Caminho da sabedoria, caminho da paz** – Dalai Lama e Felizitas von Schönborn
808.**Senhor e servo e outras histórias** – Tolstói
809.**Os cadernos de Malte Laurids Brigge** – Rilke
810.**Dilbert (5)** – Scott Adams
811.**Big Sur** – Jack Kerouac
812.**Seguindo a correnteza** – Agatha Christie
813.**O álibi** – Sandra Brown
814.**Montanha-russa** – Martha Medeiros
815.**Coisas da vida** – Martha Medeiros
816.**A cantada infalível** *seguido de* **A mulher do centroavante** – David Coimbra
817.**Maigret e os crimes do cais** – Simenon
818.**Sinal vermelho** – Simenon
819.**Snoopy: Pausa para a soneca (9)** – Charles Schulz
820.**De pernas pro ar** – Eduardo Galeano
821.**Tragédias gregas** – Pascal Thiercy
822.**Existencialismo** – Jacques Colette
823.**Nietzsche** – Jean Granier
824.**Amar ou depender?** – Walter Riso
825.**Darmapada: A doutrina budista em versos**
826.**J'Accuse...! – a verdade em marcha** – Zola
827.**Os crimes ABC** – Agatha Christie
828.**Um gato entre os pombos** – Agatha Christie
829.**Maigret e o sumiço do sr. Charles** – Simenon
830.**Maigret e a morte do jogador** – Simenon
831.**Dicionário de teatro** – Luiz Paulo Vasconcellos
832.**Cartas extraviadas** – Martha Medeiros
833.**A longa viagem de prazer** – J. J. Morosoli
834.**Receitas fáceis** – J. A. Pinheiro Machado
835.(14).**Mais fatos & mitos** – Dr. Fernando Lucchese
836.(15).**Boa viagem!** – Dr. Fernando Lucchese
837.**Aline: Finalmente nua!!!** (4) – Adão Iturrusgarai
838.**Mônica tem uma novidade!** – Mauricio de Sousa
839.**Cebolinha em apuros!** – Mauricio de Sousa
840.**Sócios no crime** – Agatha Christie
841.**Bocas do tempo** – Eduardo Galeano
842.**Orgulho e preconceito** – Jane Austen
843.**Impressionismo** – Dominique Lobstein
844.**Escrita chinesa** – Viviane Alleton
845.**Paris: uma história** – Yvan Combeau
846(15).**Van Gogh** – David Haziot
847.**Maigret e o corpo sem cabeça** – Simenon
848.**Portal do destino** – Agatha Christie
849.**O futuro de uma ilusão** – Freud
850.**O mal-estar na cultura** – Freud
851.**Maigret e o matador** – Simenon
852.**Maigret e o fantasma** – Simenon
853.**Um crime adormecido** – Agatha Christie
854.**Satori em Paris** – Jack Kerouac
855.**Medo e delírio em Las Vegas** – Hunter Thompson
856.**Um negócio fracassado e outros contos de humor** – Tchékhov
857.**Mônica está de férias!** – Mauricio de Sousa
858.**De quem é esse coelho?** – Mauricio de Sousa
859.**O burgomestre de Furnes** – Simenon
860.**O mistério Sittaford** – Agatha Christie
861.**Manhã transfigurada** – Luiz Antonio de Assis Brasil
862.**Alexandre, o Grande** – Pierre Briant
863.**Jesus** – Charles Perrot
864.**Islã** – Paul Balta
865.**Guerra da Secessão** – Farid Ameur
866.**Um rio que vem da Grécia** – Cláudio Moreno
867.**Maigret e os colegas americanos** – Simenon
868.**Assassinato na casa do pastor** – Agatha Christie
869.**Manual do líder** – Napoleão Bonaparte
870(16).**Billie Holiday** – Sylvia Fol
871.**Bidu arrasando!** – Mauricio de Sousa
872.**Desventuras em família** – Mauricio de Sousa
873.**Liberty Bar** – Simenon
874.**E no final a morte** – Agatha Christie
875.**Guia prático do Português correto – vol. 4** – Cláudio Moreno
876.**Dilbert (6)** – Scott Adams
877(17).**Leonardo da Vinci** – Sophie Chauveau
878.**Bella Toscana** – Frances Mayes
879.**A arte da ficção** – David Lodge
880.**Striptiras (4)** – Laerte
881.**Skrotinhos** – Angeli
882.**Depois do funeral** – Agatha Christie
883.**Radicci 7** – Iotti
884.**Walden** – H. D. Thoreau
885.**Lincoln** – Allen C. Guelzo
886.**Primeira Guerra Mundial** – Michael Howard
887.**A linha de sombra** – Joseph Conrad
888.**O amor é um cão dos diabos** – Bukowski
889.**Maigret sai em viagem** – Simenon
890.**Despertar: uma vida de Buda** – Jack Kerouac
891(18).**Albert Einstein** – Laurent Seksik
892.**Hell's Angels** – Hunter Thompson
893.**Ausência na primavera** – Agatha Christie
894.**Dilbert (7)** – Scott Adams
895.**Ao sul de lugar nenhum** – Bukowski
896.**Maquiavel** – Quentin Skinner
897.**Sócrates** – C.C.W. Taylor

898.**A casa do canal** – Simenon
899.**O Natal de Poirot** – Agatha Christie
900.**As veias abertas da América Latina** – Eduardo Galeano
901.**Snoopy: Sempre alerta! (10)** – Charles Schulz
902.**Chico Bento: Plantando confusão** – Mauricio de Sousa
903.**Penadinho: Quem é morto sempre aparece** – Mauricio de Sousa
904.**A vida sexual da mulher feia** – Claudia Tajes
905.**100 segredos de liquidificador** – José Antonio Pinheiro Machado
906.**Sexo muito prazer 2** – Laura Meyer da Silva
907.**Os nascimentos** – Eduardo Galeano
908.**As caras e as máscaras** – Eduardo Galeano
909.**O século do vento** – Eduardo Galeano
910.**Poirot perde uma cliente** – Agatha Christie
911.**Cérebro** – Michael O'Shea
912.**O escaravelho de ouro e outras histórias** – Edgar Allan Poe
913.**Piadas para sempre (4)** – Visconde da Casa Verde
914.**100 receitas de massas light** – Helena Tonetto
915(19).**Oscar Wilde** – Daniel Salvatore Schiffer
916.**Uma breve história do mundo** – H. G. Wells
917.**A Casa do Penhasco** – Agatha Christie
918.**Maigret e o finado sr. Gallet** – Simenon
919.**John M. Keynes** – Bernard Gazier
920(20).**Virginia Woolf** – Alexandra Lemasson
921.**Peter e Wendy** *seguido de* **Peter Pan em Kensington Gardens** – J. M. Barrie
922.**Aline: numas de colegial (5)** – Adão Iturrusgarai
923.**Uma dose mortal** – Agatha Christie
924.**Os trabalhos de Hércules** – Agatha Christie
925.**Maigret na escola** – Simenon
926.**Kant** – Roger Scruton
927.**A inocência do Padre Brown** – G.K. Chesterton
928.**Casa Velha** – Machado de Assis
929.**Marcas de nascença** – Nancy Huston
930.**Aulete de bolso**
931.**Hora Zero** – Agatha Christie
932.**Morte na Mesopotâmia** – Agatha Christie
933.**Um crime na Holanda** – Simenon
934.**Nem te conto, João** – Dalton Trevisan
935.**As aventuras de Huckleberry Finn** – Mark Twain
936(21).**Marilyn Monroe** – Anne Plantagenet
937.**China moderna** – Rana Mitter
938.**Dinossauros** – David Norman
939.**Louca por homem** – Claudia Tajes
940.**Amores de alto risco** – Walter Riso
941.**Jogo de damas** – David Coimbra
942.**Filha é filha** – Agatha Christie
943.**M ou N?** – Agatha Christie
944.**Maigret se defende** – Simenon
945.**Bidu: diversão em dobro!** – Mauricio de Sousa
946.**Fogo** – Anaïs Nin
947.**Rum: diário de um jornalista bêbado** – Hunter Thompson
948.**Persuasão** – Jane Austen
949.**Lágrimas na chuva** – Sergio Faraco
950.**Mulheres** – Bukowski
951.**Um pressentimento funesto** – Agatha Christie
952.**Cartas na mesa** – Agatha Christie
953.**Maigret em Vichy** – Simenon
954.**O lobo do mar** – Jack London
955.**Os gatos** – Patricia Highsmith
956(22).**Jesus** – Christiane Rancé
957.**História da medicina** – William Bynum
958.**O Morro dos Ventos Uivantes** – Emily Brontë
959.**A filosofia na era trágica dos gregos** – Nietzsche
960.**Os treze problemas** – Agatha Christie
961.**A massagista japonesa** – Moacyr Scliar
962.**A taberna dos dois tostões** – Simenon
963.**Humor do miserê** – Nani
964.**Todo o mundo tem dúvida, inclusive você** – Édison Oliveira
965.**A dama do Bar Nevada** – Sergio Faraco
966.**O Smurf Repórter** – Peyo
967.**O Bebê Smurf** – Peyo
968.**Maigret e os flamengos** – Simenon
969.**O psicopata americano** – Bret Easton Ellis
970.**Ensaios de amor** – Alain de Botton
971.**O grande Gatsby** – F. Scott Fitzgerald
972.**Por que não sou cristão** – Bertrand Russell
973.**A Casa Torta** – Agatha Christie
974.**Encontro com a morte** – Agatha Christie
975(23).**Rimbaud** – Jean-Baptiste Baronian
976.**Cartas na rua** – Bukowski
977.**Memória** – Jonathan K. Foster
978.**A abadia de Northanger** – Jane Austen
979.**As pernas de Úrsula** – Claudia Tajes
980.**Retrato inacabado** – Agatha Christie
981.**Solanin (1)** – Inio Asano
982.**Solanin (2)** – Inio Asano
983.**Aventuras de menino** – Mitsuru Adachi
984(16).**Fatos & mitos sobre sua alimentação** – Dr. Fernando Lucchese
985.**Teoria quântica** – John Polkinghorne
986.**O eterno marido** – Fiódor Dostoiévski
987.**Um safado em Dublin** – J. P. Donleavy
988.**Mirinha** – Dalton Trevisan
989.**Akhenaton e Nefertiti** – Carmen Seganfredo e A. S. Franchini
990.**On the Road – o manuscrito original** – Jack Kerouac
991.**Relatividade** – Russell Stannard
992.**Abaixo de zero** – Bret Easton Ellis
993(24).**Andy Warhol** – Mériam Korichi
994.**Maigret** – Simenon
995.**Os últimos casos de Miss Marple** – Agatha Christie
996.**Nico Demo** – Mauricio de Sousa
997.**Maigret e a mulher do ladrão** – Simenon
998.**Rousseau** – Robert Wokler
999.**Noite sem fim** – Agatha Christie
1000.**Diários de Andy Warhol (1)** – Editado por Pat Hackett
1001.**Diários de Andy Warhol (2)** – Editado por Pat Hackett
1002.**Cartier-Bresson: o olhar do século** – Pierre Assouline
1003.**As melhores histórias da mitologia: vol. 1** – A.S. Franchini e Carmen Seganfredo
1004.**As melhores histórias da mitologia: vol. 2** – A.S. Franchini e Carmen Seganfredo
1005.**Assassinato no beco** – Agatha Christie
1006.**Convite para um homicídio** – Agatha Christie

1007.**Um fracasso de Maigret** – Simenon
1008.**História da vida** – Michael J. Benton
1009.**Jung** – Anthony Stevens
1010.**Arsène Lupin, ladrão de casaca** – Maurice Leblanc
1011.**Dublinenses** – James Joyce
1012.**120 tirinhas da Turma da Mônica** – Mauricio de Sousa
1013.**Antologia poética** – Fernando Pessoa
1014.**A aventura de um cliente ilustre** ***seguido de*** **O último adeus de Sherlock Holmes** – Sir Arthur Conan Doyle
1015.**Cenas de Nova York** – Jack Kerouac
1016.**A corista** – Anton Tchékhov
1017.**O diabo** – Leon Tolstói
1018.**Fábulas chinesas** – Sérgio Capparelli e Márcia Schmaltz
1019.**O gato do Brasil** – Sir Arthur Conan Doyle
1020.**Missa do Galo** – Machado de Assis
1021.**O mistério de Marie Rogêt** – Edgar Allan Poe
1022.**A mulher mais linda da cidade** – Bukowski
1023.**O retrato** – Nicolai Gogol
1024.**O conflito** – Agatha Christie
1025.**Os primeiros casos de Poirot** – Agatha Christie
1026.**Maigret e o cliente de sábado** – Simenon
1027(25).**Beethoven** – Bernard Fauconnier
1028.**Platão** – Julia Annas
1029.**Cleo e Daniel** – Roberto Freire
1030.**Til** – José de Alencar
1031.**Viagens na minha terra** – Almeida Garrett
1032.**Profissões para mulheres e outros artigos feministas** – Virginia Woolf
1033.**Mrs. Dalloway** – Virginia Woolf
1034.**O cão da morte** – Agatha Christie
1035.**Tragédia em três atos** – Agatha Christie
1036.**Maigret hesita** – Simenon
1037.**O fantasma da Ópera** – Gaston Leroux
1038.**Evolução** – Brian e Deborah Charlesworth
1039.**Medida por medida** – Shakespeare
1040.**Razão e sentimento** – Jane Austen
1041.**A obra-prima ignorada** ***seguido de*** **Um episódio durante o Terror** – Balzac
1042.**A fugitiva** – Anaïs Nin
1043.**As grandes histórias da mitologia greco-romana** – A. S. Franchini
1044.**O corno de si mesmo & outras historietas** – Marquês de Sade
1045.**Da felicidade** ***seguido de*** **Da vida retirada** – Sêneca
1046.**O horror em Red Hook e outras histórias** – H. P. Lovecraft
1047.**Noite em claro** – Martha Medeiros
1048.**Poemas clássicos chineses** – Li Bai, Du Fu e Wang Wei
1049.**A terceira moça** – Agatha Christie
1050.**Um destino ignorado** – Agatha Christie
1051(26).**Buda** – Sophie Royer
1052.**Guerra Fria** – Robert J. McMahon
1053.**Simons's Cat: as aventuras de um gato travesso e comilão – vol. 1** – Simon Tofield
1054.**Simons's Cat: as aventuras de um gato travesso e comilão – vol. 2** – Simon Tofield
1055.**Só as mulheres e as baratas sobreviverão** – Claudia Tajes
1056. **Maigret e o ministro** – Simenon
1057.**Pré-história** – Chris Gosden
1058.**Pintou sujeira!** – Mauricio de Sousa
1059.**Contos de Mamãe Gansa** – Charles Perrault
1060.**A interpretação dos sonhos: vol. 1** – Freud
1061.**A interpretação dos sonhos: vol. 2** – Freud
1062.**Frufru Rataplã Dolores** – Dalton Trevisan
1063.**As melhores histórias da mitologia egípcia** – Carmem Seganfredo e A.S. Franchini
1064.**Infância. Adolescência. Juventude** – Tolstói
1065.**As consolações da filosofia** – Alain de Botton
1066.**Diários de Jack Kerouac – 1947-1954**
1067.**Revolução Francesa – vol. 1** – Max Gallo
1068.**Revolução Francesa – vol. 2** – Max Gallo
1069.**O detetive Parker Pyne** – Agatha Christie
1070.**Memórias do esquecimento** – Flávio Tavares
1071.**Drogas** – Leslie Iversen
1072.**Manual de ecologia (vol.2)** – J. Lutzenberger
1073.**Como andar no labirinto** – Affonso Romano de Sant'Anna
1074.**A orquídea e o serial killer** – Juremir Machado da Silva
1075.**Amor nos tempos de fúria** – Lawrence Ferlinghetti
1076.**A aventura do pudim de Natal** – Agatha Christie
1077.**Maigret no Picratt's** – Simenon
1078.**Amores que matam** – Patricia Faur
1079.**Histórias de pescador** – Mauricio de Sousa
1080.**Pedaços de um caderno manchado de vinho** – Bukowski
1081.**A ferro e fogo: tempo de solidão (vol.1)** – Josué Guimarães
1082.**A ferro e fogo: tempo de guerra (vol.2)** – Josué Guimarães
1083.**Carta a meu juiz** – Simenon
1084(17).**Desembarcando o Alzheimer** – Dr. Fernando Lucchese e Dra. Ana Hartmann
1085.**A maldição do espelho** – Agatha Christie
1086.**Uma breve história da filosofia** – Nigel Warburton
1087.**Uma confidência de Maigret** – Simenon
1088.**Heróis da História** – Will Durant
1089.**Concerto campestre** – L. A. de Assis Brasil
1090.**Morte nas nuvens** – Agatha Christie
1091.**Maigret no tribunal** – Simenon
1092.**Aventura em Bagdá** – Agatha Christie
1093.**O cavalo amarelo** – Agatha Christie
1094.**O método de interpretação dos sonhos** – Freud
1095.**Sonetos de amor e desamor** – Vários
1096.**120 tirinhas do Dilbert** – Scott Adams
1097.**124 fábulas de Esopo**
1098.**O curioso caso de Benjamin Button** – F. Scott Fitzgerald
1099.**Piadas para sempre: uma antologia para morrer de rir** – Visconde da Casa Verde
1100.**Hamlet (Mangá)** – Shakespeare
1101.**A arte da guerra (Mangá)** – Sun Tzu
1102.**Maigret na pensão** – Simenon
1103.**Meu amigo Maigret** – Simenon
1104.**As melhores histórias da Bíblia (vol.1)** – A. S. Franchini e Carmen Seganfredo
1105.**As melhores histórias da Bíblia (vol.2)** – A. S. Franchini e Carmen Seganfredo
1106.**Psicologia das massas e análise do eu** – Freud

COLEÇÃO 64 PÁGINAS
LIVROS QUE CUSTAM SEMPRE R$ 5,00!
DO TAMANHO DO SEU TEMPO.
E DO SEU BOLSO
E-BOOKS R$ 3,00!
L&PM POCKET

IMPRESSÃO:

GRÁFICA EDITORA Pallotti IMAGEM DE QUALIDADE

Santa Maria - RS - Fone/Fax: (55) 3220.4500

www.pallotti.com.br